深海の太陽

森田しほ

幻冬舎ルチル文庫

CONTENTS ✦目次✦

深海の太陽

✦カバーデザイン＝高津深春（CoCo.Design）
✦ブックデザイン＝まるか工房

イラスト・山本小鉄子✦

深海の太陽

1

「ほら、彼ですよ」

ライターの久坂《くさか》に耳打ちされて、浅生真琴《あそうまこと》はパーテーションで仕切られた応接スペースから出てきた若い男に目を向けた。そして素直に感心した。

「はー、ほんとにいい男だ。背ぇ高いなあ」

小声で言ったつもりだったが聞こえたのか、男がこちらを見る。隣にいる中背の編集者よりほとんど頭ひとつ高い長身だ。細身の部類だが、バランスよく筋肉のついた引き締まった身体《からだ》をしているのが服の上からでもわかる。さきほど電車の中で読んだ雑誌によると年齢は二十五歳。精悍《せいかん》さと繊細さを合わせ持つ整った顔立ちにはまだどこか少年のあどけなさが残っていて、インタビュー記事に載っていた写真より実物のほうがずっとセクシーだ。浅生の好みのタイプではないが、それでもいい男を見ると心が潤う。ついでに身体も潤してくれれば言うことはないのだが、この若い写真家はたぶんゲイではない。ノンケの男を手管で絡《から》めて落とすのは昔はそれなりに楽しい遊びだったが、五つも年下の、引く手あまたであろう彼を籠絡《ろうらく》するのは骨が折れそうだ。楽しみより手間を先に考えてしまうとは、俺も焼きが回ったか。それとも三十路《みそじ》に入って落ちついたのか。

「浅生さん、次の取材なんですけど、九日で大丈夫ですか。日帰りなので朝イチ出発になりますが」

編集者と次回の日程合わせをしていた久坂に問われ、浅生はスケジュールを確認した。フリーライターの久坂友秋《ともあき》は浅生より三つ年下の二十七歳で、シャープだがやさしい顔立ちに銀縁眼鏡《めがね》のよく似合う、浅生好みの青白い男だ。青白いといっても血色が悪いわけではない。取材で年中あちこち歩き回っているから、肌艶《はだつや》はよくすらりと華奢《きゃしゃ》な外見によらずスタミナもある。浅生はクールな容姿《ようし》の物静かな男にいつもそそられる。久坂はクールからは程遠いおっとりとした雰囲気ではあるが、上品な物腰と精力的な仕事ぶりとのギャップが魅力的だ。

では九日にと話が決まり、ふと視線を戻すと男はまだ浅生を見ていた。目が合った瞬間から一瞬も視線を逸《そ》らしていなかったような見つめ方だった。編集者に声を掛けられても気づかないようで、浅生の隣で久坂も訝《いぶか》っている。

「……浅生さん」

震えるように掠《かす》れた声が、男の口から出たものだとすぐには気づかなかった。

「会いたかった」

「は？」

浅生の反応に我に返ったように、男はうつむいた。動揺を抑えようとしているように忙《せわ》しなく瞬《まばた》きを繰り返す。

「覚えて……ませんよね。俺のことなんて」

シャイな少年のような仕草も様になっている。彼のような目立つ男を忘れるわけがない。だが浅生にはまったく覚えがなかった。人の顔と名前を覚えるのは得意だったが、度忘れしてしまうこともある。そんなときは明るく笑って適当に調子を合わせる。浅生の顔立ちは黙っていると冷たい印象があるらしく、笑顔の威力で大概《たいがい》の場面は切り抜けられる。しかしそんなごまかしを、このまっすぐな目をした青年が受け入れるとは思えなかった。

「ええと……鮎川《あゆかわ》さんでしたよね」

インタビュー記事の内容を必死に思い起こす。一泊の取材旅行の荷物に入れておいたカメラ雑誌だ。

ほんの一時間前、浅生は旅の相棒である久坂と共に電車に揺られていた。久坂はノートパソコンを開いて原稿を仕上げており、カメラマンの浅生は手持ち無沙汰《ぶさた》だった。雑誌を持ってきたことを思い出して鞄《かばん》から引っ張り出したのは、車窓を流れるのがなだらかな緑色の稜線から住宅やビルがパズルのように並ぶ景色に変わったころだった。

膝の上で適当にページを開くと、そこには雪どけの雑木林が広がっていた。キャプションに信州の山合いの村とある。凍った池や、老人ばかりの住む集落の様子が写されている。題材も構図もさほどめずらしいものではないが、人の目を惹《ひ》く魅力があった。シャッターを切った人間が被写体に深い敬意と愛情を持っているのが伝わってくる。

「ああ、それ、鮎川くんの特集してる号でしょ？」

見入っていると、いつの間にか浅生の手元を覗《のぞ》き込んでいた久坂が声をかけてきた。巻頭ページを開くと撮影した写真家のインタビュー記事があり、ホテルの一室らしい部屋のソファに座る青年の写真が載っていた。緊張の滲《にじ》む笑顔が初々《ういうい》しい。

「いい男だ。若いね」

「でも浅生さんの好みじゃないでしょ。こういうさわやかくんは」

「まあね。でもいい男は目の保養になるよ」

「彼、今度K社から本出すんですよ」

「へえ。久坂さん知り合い？」

「この取材の打ち合わせでK社に行った時にたまたま。彼は地方住まいなんですけど、こっちで個展もあるしこれから上京の機会も増えるだろうから、浅生さんもそのうち直《じか》に目の保養ができますよ」

「そりゃ楽しみだ」

「手ぇ出さないでくださいね」

久坂の軽口に、浅生も笑って応じた。

「彼ノンケだろ？　そんなめんどくさいことしないよ」

K社に着くころには、そんな会話を交わしたことも忘れていた。

鮎川……名前はたしか光輝《こうき》だ。鮎川光輝、鮎川光輝。頭の中で住所録を検索する。

「あのころ俺、伊澄《いすみ》って名字だったから」

つと目を伏せる仕草に、清潔そうな好青年には不似合いな仄暗《ほのぐら》い艶が宿る。

伊澄、と口の中で呟《つぶや》いた。伊澄光輝。光輝——

(ひかりかがやく?)

「あ——……」

閃光《せんこう》のように十年前の記憶がよみがえる。

小柄で痩《や》せっぽちな中学生……浅生を見つめる目には、いつも深い孤独と切羽詰《せっぱつ》まった人恋しさがあった。

(ちょっとやさしくしてやればつけあがりやがって。二度とツラ見せんな!)

「光輝か……」

男の——光輝の顔が明るい笑みに輝く。

「覚えていてくれたんだ!」

「……まあな」

あらためて、目の前の男を見つめる。浅生より背が高く、浅生より体格がいい。陽に焼けた小麦色の肌に、笑顔になると覗く白い歯がよく映える。若くて、溌剌《はつらつ》として、感じのいい青年だ。常におどおどと浅生の顔色をうかがっていた、浅生の興味が自分に向いているうちにすこしでも多く話そうといつも早口だったあの少年と繋《つな》がらなくてもしかたがない。

今度は浅生のほうが目を伏せる。この再会にどんな感情を抱《いだ》けばいいのか、まるで見当がつかない。もうとうに過ぎたことだ。

応接用のテーブルの上に、さきほど電車内で浅生が読んでいたのと同じ雑誌がある。巻頭グラビア&ロングインタビュー、特集・鮎川光輝。アルバイトで費用を工面しながら旅を始めたのは五年前、二十歳《はたち》からだという。一昨年初めての個展を開いた。風をテーマにした連作がプライベートで訪れた芸能プロダクションの人間の目に止まり、有名ミュージシャンのCDジャケットとコンサートツアーのポスターに起用され、無名の写真家の転機となった。最初の写真集が発売されたのは昨年で、近々個展が、今度は自費ではなくスポンサー付きで開かれる。それに併せてK社から二冊目の写真集が出ると雑誌に書かれていた。

「鮎川って」

「伊澄は、母の再婚相手の名字だから」

「ああ、そうか。そうだったな」

「——あの、俺……あの後、父方の祖父母の住む町の高校に進学することになって、それで——」

「知ってる」

浅生は物憂い気分を振り払うように笑顔を作り声を張った。

「大きくなったな。全然わからなかった」

「浅生さんは変わらないね。あのころのままでびっくりした」

「お世辞も言えるようになったか」

「ほんとだって」

そわそわしているのを隠すために、浅生は髪をかき上げた。指の動きを光輝が目で追う。その表情には覚えがあった。中学生だった光輝も、時々こんなふうに浅生を見た。「何？」と睨《にら》むと、光輝は慌ててうつむいて、ガキのくせに「浅生さんの髪きれいですね」なんてませたことを言った。甘い艶のある栗色の髪は染めているのではなく地毛だ。子どものころはもっと明るい色だったが年々落ちついてきた。すこし長めにしておいて軽く整えれば手をかけているように見える便利な髪だ。あまり弄《いじ》っていないせいか、この歳《とし》になっても髪だけは健《すこ》やかで素直だった。瞳《ひとみ》の色も淡いし肌も白いので、色素が薄い体質なのだろう。

「まあ……フリーで仕事してるやつは年齢不詳が多いからな」

調子よく会話しながら、浅生は立ち去るタイミングを探していた。

「よかったら今夜飲みに行きませんか」

「……今夜はちょっと用がある。いつまでこっちにいるんだ？」

「当分いますよ。マンスリー借りたし」

一瞬、ほんの一瞬だけ、光輝の目が探るように細められた。

「……先約ありですか」

「先約つーか、ネットオークションで狙《ねら》ってるレンズがあって、今夜が終了なんだ」

「何時？」

「九時五十七分」

「酒とつまみ持って浅生さんち行っちゃダメですか。落札できるように応援しますよ」

明るく言われて、断る口実が見つけられない。

「貰《もら》いもんの生ハムがある」

「じゃあワインがいいかな。それとも冷酒？」

「おまえけっこう飲むの？」

「つよいですよ。浅生さんお酒好きでしたよね。楽しみだな」

そばで浅生と同じくタイミングを計っていた編集者が、光輝に声をかける。

「鮎川さん、そろそろ」

「あ――はい！　すみません」

今のうちにとその場を離れようとした浅生は、突然腕を摑《つか》まれてぎょっとした。大きな手だ。子どものころから手足が大きかったことを思い出した。おまえきっと俺よりでかくなるぞと言ったら、中学生の光輝はうれしそうに笑った。

「名刺もらえますか」

「……ああ」

わかったから離してくれ。そう言いたかったのに声が出なかった。光輝は浅生が名刺を差し出すまで手を離さなかった。名刺を両手で受け取るために、光輝はやっと浅生を解放した。

「後で電話しますね」

言いながら、光輝は立ち去ろうとしない。会話はこれで終わったはずなのに、いつまでも浅生を見ている。浅生も動くに動けなかった。顔を上げられない。水の中にいるようなおぼつかなさで、自分をコントロールできない。どうにかしなくてはと焦っていると、久坂に声をかけられた。

「じゃあ、僕もこれで失礼します。お疲れさまでした。来月もよろしくおねがいします」

「あ――く、久坂さん、俺も帰ります。駅まで一緒に行きましょう」

「いいんですか」

久坂は気遣わしげに光輝に目をやる。光輝はまだ浅生を見ている。

「帰ります」

久坂の背中に手を添えて促《うなが》すと、浅生は編集部を後にした。廊下に出るまで、ずっと光輝の視線を感じていた。

2

当時はマンションの十二階に住んでいた。ベランダからの景色が気に入って、名刺にカメラマンと印刷してはいるものの実際はスタジオアシスタントが主な収入源だった二十歳の浅生としてはかなり無理をして借りた2LDKの室《へや》だった。仕事と夜遊びで自宅で眠ることなどあまりなかったというのに、ナントカと煙は高いところが好きとはよく言ったものだ。

あの晩、ほろ酔いで帰宅すると、外廊下にシャツ一枚着たきりの子どもが立っていた。子どもと言っても中学生くらいの、小柄だが手足の長いひょろりと痩せた少年だった。そんなナリで平気で外出できる年齢ではない。制服のシャツに、下着はつけているようだがズボンも靴もない。シャツの裾《すそ》から伸びた細い脚がぶるぶると震えている。この格好で外に出されては、街をぶらついて時間を潰《つぶ》すことも友達の家に転がりこむこともできない。底冷えのする寒い晩だった。少年の骨張った脚を見ていると、浅生の足裏にもコンクリートの冷たさがよみがえった。心細げな顔をしていた少年は、浅生に気づくとキッと表情を引き締める。こんなときに声をかけてはかえってプライドにさわるだろう。俺もそうだった。それに第一、関わるのはめんどうだ。浅生は少年から視線を逸らす。室に入るとドアを閉め鍵をかけた。

飲んでいい気分だったのに、酔いは八割方冷めてしまった。だが二割はまだ酔っていた。だからそんな気になった。タンス代わりに部屋の隅に積んである収納ケースからスウェットを、下駄箱から今年の夏に使ったサンダルを出すと、ドアを開ける。少年がサッと背を向けたのがわかった。

「……あー、あのさ、これ」

少年はうつむいたまま振り向かなかった。子ども特有の艶やかな黒い髪の間から細いうなじが見える。ドアの隙間《すきま》から顔だけ出していた浅生は、外廊下へ出ると少年の後ろに立つ。

「必要ないなら捨てていいから」

震える足元にスウェットとサンダルを置いて室に戻った。彼は哀れみを受けたと思っただろうか。それは寒い夜に薄着で凍えることよりもつらいことだと、浅生は知っている。つまらないことをするんじゃなかったと後悔した。

3

温泉取材で撮影した写真の補正を終え編集部に送信したタイミングで、光輝から電話があった。駅からの道順の確認と到着予定時間を知らせるためのものだった。手土産にワインを持ってくるという。他に何かいるものありますかと訊《き》かれて一本じゃ足りないと答えると、笑い混じりの声が返ってくる。

「了解。何か見繕ってきます」

会いたくない。

「安いのでいいぞ。俺はアルコールさえ入ってればなんでもいいから」

会いたくない。思い出したくない。

到着予定と言っていた時間ぴったりに、光輝はやってきた。

「会えるってわかってたら、見てほしいのもっといっぱいあったのに」

光輝はワインと編集部近くの創作和食の店の包み、そして膨れた書類ケースを抱えてきた。中身は光輝の作品の載った雑誌の切り抜きに広告ポスターに以前やった個展のフライヤー、残りは自作のフォトブックだった。

「俺に営業してどうするんだよ」

「だって、浅生さんは先輩だし」

「先輩たって、仕事の内容全然違うじゃん」

あからさまに嫌な顔をしてみせても、光輝はにこにことしている。苦労して終えた宿題を親に見せる子どもは、きっとこんな顔をするのだろう。

「写真家先生の売れっ子自慢かよ、うぜえ」

厭味《いやみ》を言ったら笑われた。

「なんだよ」

「昔とおんなじ言い方だったから」

「悪かったな、成長してなくてよ。こんなとこに店広げてもしようがないだろ。上がれよ」

リビングに通すと、作品を広げられる前に「とりあえず飲ませろ」とワインを取り上げて開封する。光輝は総菜の包みを開く。人気メニューの和風春巻と湯葉サラダ、串《くし》カツなどが現れる。揚げ物はまだあたたかい。

「ここの美味《おい》しいって、編集部の人に聞いたんだ。浅生さんも好きだって」

外見は変わってもこういう気の回るところは変わっていないようだ。

「でもワインには合わないかな。俺そういうのよくわかんなくて」

「そんなことないだろ。それにビールも日本酒もあるぞ」

「浅生さんてほんとお酒好きなんだね」

互いのグラスにワインを注ぎ、次いで胃袋に注ぎ込むと、重い気分を頭の隅に押しやることができた。共通の話題など仕事のことしかない。ソファの脇に積まれたフォトブックを手に取る。

「森……山の写真が多いな」

「そこにあるのは、ほとんどうちの田舎《いなか》の景色なんだ。毎日山に入って撮ってた。どこにでもあるような小さな山だけど、でも山はすごいよ。どれだけ撮っても全然飽きないんだ」

同じ手法で撮った作品が数点続く。風に揺れる梢《こずえ》を長時間露光で撮影したもので、大きな岩と流れる緑が静と動の美しい対比を作っている。

「これ、CDジャケに使われたヤツだよな」

「個展見に来てくれた事務所の人が使わせてほしいって声かけてくれたんだ。小さいギャラリー借りて二週間だけの展示だったから、こんな話が来るなんてびっくりした」

「いいセンスしてる。売れるのわかるよ」

「浅生さんは今どんな仕事をしてるんですか」

照れ隠しのようにこちらに話題を振ってくる。浅生はマガジンラックからきのう届いたばかりの雑誌を引っ張り出すと、光輝に差し出した。

浅生は「新温泉紀行」という連載記事の写真を手掛けていて、きのうからの遠出もその取材だった。

「基本日帰りだけど、タダで温泉入ってメシ食えて、極楽仕事だぞ」

光輝はカラー四ページの記事に目を落としたまま、ためらいがちに口を開く。

「この、記事書いてる……」

「ん？　ああ、おまえ久坂さんと面識あるんだってな」

「ええ……。あの——」

「そろそろ時間だ」

グラスに残ったワインを飲み干し、ノートパソコンを開く。起動している間におかわりを注ぐ。

「レンズどんなのですか」

「これ」

オークションページを開いて光輝に向ける。

「ああ、俺これの次に出たヤツ持ってますよ。落札したら使い比べてみましょうよ。こっちのほうがフォーカスがきれいにかかるって話聞いて、試してみたかったんだ。評判よかったのに、なんで廃番になっちゃったんでしょうね」

入札者は五人で、最後に浅生ともう一人が競《せ》ったものだから、終了したのは予定時刻を一時間近く過ぎてからで、僅差《きんさ》で浅生が落札した。

「予算オーバーした」

「浅生さん最後ムキになってましたもんね」

落札通知のメールが来たころにはけっこう酔っていた。飲みながらオークションなどするものではない。見知らぬ入札者への対抗意識と光輝というギャラリーの手前もあって、思いがけない出費をすることになった。

「でも、楽しみだな。来週には届きますよね。カメラ持って遊びに行きましょうよ」

「おまえ仕事でこっちに来てるんだろ」

「そうですけど、オフだってあります。浅生さんの休みに合わせますよ。どこ行きましょうか」

もうおまえとは会いたくない。

持ち前のノリのよさ……ただ流されやすいだけとも言える性格のせいで、二人きりで飲む羽目になってしまったが、本当は会いたくなんてなかった。

「おまえ酒つよいんだな」

誘いをはぐらかされて、光輝の目に落胆の色がよぎる。それでも唇に浮かべた穏やかな笑みは消えなかった。

「わかりますか」

「飲み方でわかる」

「浅生さんは？」

「俺は好きなだけでそんなにつよくはない」

「さっきからお酒ばっかりで全然食べてないじゃないですか。空《す》きっ腹で飲むと回りますよ。胃にも負担かかるし。春巻よりもっとさっぱりしたもののほうがよかったですか」

「いや、春巻は好きだよ。けど今日はいい男を肴《さかな》にしてるから、ツマミなくても平気」

浅生の軽口に、光輝は簡単に赤面した。

「目の保養だ。酒が進む」

「もう」

酔っ払いに健康を説くのをあきらめたらしい光輝は、代わりに浅生を正面から見つめた。

「俺いい男ですか？」

神妙な顔で訊いてくるので笑いそうになった。

「言われたことない？」

「あります」

からかうつもりがストレートに返される。

「けど浅生さんから見ていい男なのかは自信ありませんでした」

「おまえは誰が見てもいい男だよ」

納得したのか、光輝の頬《ほほ》が緩む。はにかむような初々しい笑顔が、若く男らしい光輝の容貌にはよく似合っていた。彼にこんなふうに微笑《ほほえ》まれて、好感を持たない人間はいまい。

だが光輝はすぐに笑顔を消し何事か考え込むような表情になる。昼間編集部で見せたのと同じ探るような視線を浅生に向けた。

「……あの人と、よく仕事するんですか」

「あの人？」

「久坂さんです」

「ああ……」

面識のある人間を「あの人」などと呼ぶのは光輝らしくない。そう考えてから自嘲《じちょう》した。

俺が今のこいつの何を知っているというんだ。

「そうだな、久坂さんとはよく組むよ。気心知れてて楽だし。泊まりのときとか——」

「泊まり！」

急に大声を出されてワインを零《こぼ》しそうになった。

「なんだよ」

「いえ……」

「ゆうべも一緒だったけど……何？」

何が言いたいのかだんだんわかってきて、水を向けてみる。光輝は困ったように目を伏せた。その仕草に妙な色気がある。だが頬は強ばっていて、同じくらい強ばった声で言った。

「久坂さん、ゲイなんですよね」

「誰に聞いた」

「……出版社の担当さん」

「俺と久坂さんには気をつけろって言われたのか」

図星だったらしく言葉に詰まる。

「いるんだよな、ゲイってだけで男見たら見境なく盛ると思ってるヤツ。そういうのに限って自分は女のライターやバイトの子にセクハラしまくって嫌われてんだよ」

浅生が茶化すと、光輝はほっとしたような表情になる。そんな様子にまだまだ子どもだなと微笑ましくなった。

「俺も久坂さんもノンケには手は出さないから安心しろ」

「……つきあってるの」

「誰が？」

「浅生さん、久坂さんとつきあってるんですか」

「残念ながらただの友達だ」

「残念なんですか」

「そりゃ残念だね。あの人は俺のタイプだから。恋人と暮らしてるんだ。俺はそういうの気にしないけど、久坂さんは恋人以外とは寝ない人だから」

それに、たとえ久坂がフリーだったとしても、この手の男はたいてい浅生のようながさつで何をするにもいいかげんな男は好まない。

ふと目を向けると、光輝は驚いた顔をして浅生を見ている。

「浅生さんは、恋人がいる人ともつきあえるんですか」

「ん？　うん」

気軽に首肯《うなず》くと、光輝の表情は深刻になる。

「恋人がいるのに浅生さんにも手を出してくるような男がいいんですか」

「別に、肌さえ合えば人間性は気にしないよ。他人の倫理観をとやかく言えるようなご大層な人間でもないしな。それに、所詮《しょせん》は一時の関係だろ。難しいこと言ってもしかたない」

若くいかにも誠実な光輝には聞くに堪えない話だろう。それにしても、絡み酒……説教酒か。浅生は内心苦笑した。光輝はまるで何か痛ましい話でも聞いたような顔をしている。こんな小僧に不憫《ふびん》がられるとはな。

「恋人だって同じだろ」

「一時の関係?」

「そう」

その一時が、永いか短いかだけの差だ。

けど、と光輝はためらいがちに口を開いた。

「一時一時が積み重なって人生になるんでしょ」

「そうだな。だから俺の人生はスカスカだ」

自虐ではなく本当にそうだと思う。俺にはこのくらいの人生がちょうどいい。

「おまえは俺みたいになるなよ」

これも本心だ。

(俺みたいな大人になってもいいのかよ!)

あのころ、それが一番怖かった。だから無我夢中で光輝を遠ざけた。

「まあ、余計なお世話だろうけどさ」

光輝はもう無力な子どもではない。若く力強く、そして才能と努力でチャンスを摑んだ、一人前の写真家だ。実力と自信が彼をその名の通り光り輝かせていた。

いたたまれない様子だった光輝がおずおずと切り出す。

「浅生さん、恋人いたよね。本命だって言ってた、背の高い眼鏡かけた人。あの人とは別れたの？」

「ああ……まあな」

光輝に言われるまで存在すら忘れていた。それどころか「よく思い出せたものだ」と自分に感心した。はじめから相手が長期出張でこちらに滞在する一カ月だけの関係だと互いに了承しあっていたから、別れる別れないというような間柄ではなかった。

幼い好意を寄せてくる少年を追い払うために利用しただけだ。

「今は右手が恋人」

にやりと笑ってみせると、光輝は一瞬だけ目を瞠《みは》って、それから大人びた表情で苦笑した。

……いや、大人びた、ではなくてもう大人だ。昔憧《あこが》れていたお兄さんがすっかりおじさんになって酔って下品な冗談を言うのを目の当《ま》たりにして、さぞがっかりしただろう。

グラスの底に残る赤を片付けてしまおうと手を伸ばすと、光輝が掌《てのひら》を重ねた。

「飲みすぎ」

「まだ序の口だろ」

「無茶な飲み方するからハラハラするよ」

「無茶ってほどじゃない」

酔いは光輝の目にも甘い光を灯《とも》している。頬のあたりがわずかに緩んで、疼《うず》くような色気を醸《かも》し出している。モテるんだろうなと素直に思う。

重ねたままの光輝の手に、じわりと力が籠《こ》もる。浅生は気づかないふりをして……実際にはその手から逃れるために立ち上がった。

「おまえもまだ飲むだろ。冷蔵庫にビールがある」

「俺が」

「いいから座ってろ」

古いマンションだからかキッチンとリビングは廊下を隔てて分かれている。リビングを出るとキッチンではなく寝室に向かった。ほんのすこしの時間でいい、独りになりたかった。寝室のドアを閉めるとふうと息をつく。光輝と二人きりでいることが気詰まりなんだとあらためて気づいた。

(浅生さんは変わらないね)

暗い寝室の隅に置かれた姿見に映る男は、たしかに三十には見えないかもしれない。だが潑剌として若々しいというのとは違う。歳相応の深みや厚みがないだけだ。取り繕って人並みに見せかけているだけで、風が吹けば簡単に飛んでいってしまう張《は》り子の人形。

部屋のインテリアでもなくグラスの中で妖《あや》しく光る赤い酒でもなく、ただ浅生を見つめていた光輝。目の中で揺れていた甘い光――

浅生はベッドに腰掛けると何度目かの苦笑を漏らす。いい歳をして、俺はとんだ自意識過剰だ。たしかに十年前、十五歳の光輝は浅生に恋していたかもしれない。だがそのときですら浅生を求めていたわけではなかった。あいつが欲しかったのは居場所だ。物理的にも精神的にも、あのころの光輝には居場所がなかった。

「今なら……」

足を床につけたまま、上体を倒す。冷たく乾いたシーツの感触が酔いに火照《ほて》った頰に心地よい。

今なら、居場所はあるだろ？

もうあんな目をして俺みたいなろくでなしに縋《すが》る必要はないだろ――

「浅生さん……」

低いささやきが浅生の耳を撫《な》でる。痺《しび》れるように重いまぶたを苦労して開けると、吐息がふれるほどの距離に光輝の顔がある。こんなに近くにいるのに……いや近すぎるからか、光輝の顔がよく見えない。遮光カーテンのわずかな隙間から入り込んだ外明かりに朧に浮かぶ光輝の輪郭。月光なんて風情《ふぜい》のあるものじゃない。外廊下の照明だ。だが光輝を縁取る光は月光よりも艶めいている。その光に手を伸ばしそうになって、浅生は自制した。

「人んちの寝室に勝手に入るな」

声が掠れた。

「何言ってんの、客ほったらかして。潰れてるんじゃないかと思って心配したんだよ」

「……そうか。酒……取ってきてくれ。俺は戻ってるから」

起き上がろうとしたが、光輝に肩を押し返された。たいした力は入っていなかったが、浅生は押されるままベッドに沈む。

「もう飲まないほうがいいよ」

「じゃあ寝るから帰れ」

「ひどいなあ」

苦笑する光輝の口元だけが見える。

「ねえ、浅生さん」

光輝が口調をあらためる。やはりどう目を凝らしても光輝の顔は見えず、どんな表情をしているのかもわからない。

「あれから、俺のこと、思い出すことありましたか」

低く静かな声に、眠気が増す。まるでそれを狙っているようだと浅生は思った。眠りかけている人間は嘘がつけないと、どこかで聞いたことがある。

「……忘れてたよ。引っ越したって聞いた時は……急だったから、驚いたけど、それだけだ。すぐに忘れた」

「俺が引っ越したって、誰に聞いたの」

浅生が答えないでいると、光輝は促すように顔を寄せ、首筋に吐息がふれる。

「……おまえの、母親に」

頬に何か冷たいものが当たる。光輝の指だ。浅生ほどではないがそこそこ飲んでいたのにずいぶんと冷たい。浅生の頬をそっと撫でる。光輝がいつまでもそうしているので、いたたまれなくなって口を開く。

「あのとき、俺はずいぶんひどいことを言っただろ。恨まれてると思ってた」

「そんなこと……気にしてたの？」

「そりゃ、まあな」

恨まれていたかった。会いたかったなんて、そんな言葉は聞きたくなかった。

「うれしいな。けどほんとに、忘れてくれていいよ」

「忘れてたよ」

「そう？」

「どけよ。重い」

「重い？」

光輝の声にはからかうような響きがあり、それが浅生を苛立《いらだ》たせた。

「――おまえ、何しに来たんだよ」

会いたくなんてなかった。

「何って、今日はあなたを抱きに来たんだ」

さらりと言われて、言葉の意味を理解するまで数秒かかった。

「は？」

「風呂は入ってきましたから」

「何言ってんだ」

眠気が覚めた。

「俺はべつに気にしませんけど、浅生さんお風呂入りたいならどうぞ？　布団あたためておきます」

「勝手に話を進めるな」

身体を起こそうとしたが、さきほどよりつよく肩を押された。

「浅生さんは俺とするの嫌ですか」

「嫌だ」

「即答しましたね」

「この酔っ払い」

「酔ってないよ」

「酒くさいぞ」

「でも酔ってない」

光輝の身体が重なってくる。まるで水中に沈められたように、浅生はもがいた。たしかに身長も体格も光輝のほうが勝っているが、まったく敵《かな》わないわけはない。なのにどうやっても光輝を押しのけることができない。

「酔ってるのは浅生さんだろ」

「やめろ――」

「そんなこと言わないで」

さきほどまでの余裕をかなぐり捨てて、光輝は哀願した。その声は古い痛みを呼び起こす。

(行かないで！　浅生さん――)

行ってしまったのはおまえだろ。何も言わずに……いや、俺が言わせなかったんだ。

静かに唇を重ねてくる。身体が軋《きし》むほどの力で抱きすくめているくせに、光輝のキスはうっとりするほどやさしかった。ゆっくりとついばむように何度も唇を合わせているうちに、なぜ彼と寝たくないのか忘れてしまいそうになる。もともと貞節や倫理などとは無縁の人生だった。

「浅生さん……」

やっと唇が解放される。だが光輝の唇は浅生の肌から離れようとしない。頬から耳をなぞられて身体が震える。

「ずっと浅生さんとキスしたかった」

首筋に唇をつけたままささやかれて、声が出そうになった。

「やめ——やめろ。俺がいつおまえとやるって言った」

「言ってないよ。けどするんだ」

力ずくで犯されることに対する恐怖はなかった。光輝が……あんなにやさしいキスをする男が、暴力でしかないようなセックスを望むはずはない。ただうろたえていた。こいつとそんなことをしちゃいけない。どんなに背が伸びようと体格がよくなろうと、一人前の男になった今でも、浅生にとって光輝は縋るような目をして立ち尽くしていた痩せっぽちの少年だった。

「嫌だって言ってるだろ。おまえ——俺をレイプする気か」

レイプという言葉に怯《ひる》んだのか、光輝の腕が緩む。そのままあきらめてくれることを祈って肩を押したが、光輝はびくともしなかった。

「……そんなことしない」

「だったら離れろ」

光輝は思いつめたような、だが静かな目をしている。

「けど俺は浅生さんを抱くよ」

浅生が拒絶の言葉を叫ぶよりはやく、唇を塞《ふさ》がれた。さきほどより激しいキスだ。こじ開けるようにして舌が侵入してくる。同時に手がシャツの中に潜り込んできた。光輝の指先の冷たさに、酔いと眠気に緩んでいた肌が竦《すく》む。乳首を探りあてられ咄嗟《とっさ》に身を捩《よじ》って逃れようとすると、光輝は察して浅生が背中を向けるよりはやく指先で乳首を捻《ひね》った。

「あっ——」

「ここ、感じるの？」

唇をきつく結んで首を振る。

「ここさわられると嫌って言えなくなっちゃう？」

やさしくささやきながら執拗《しつよう》にそこをなぶってくる。

「や……あ、あ……」

「こんな声を聞きたかったんだ」

背中から抱きこまれた。密着した胸から伝わる鼓動が激しい。光輝は熱い息をつきながら鼻先で浅生の後ろ髪をかきあげると、うなじにくちづけする。そうやって気を逸らしながら、片方の手が乳首を離れる。ヘソを撫でて下腹に移動する。乳首への刺激で呆気《あっけ》なく勃《た》ち上がりかけているものをボトムの上から握られた。軽く摩擦されただけで腰が引ける。

「ほんとに……久しぶりなんだね。どうして？」

「どうしてって、べつに」

「右手があるから？」

「そんなとこだ」

「じゃあ俺があなたの右手よりあなたをいい気持ちにさせたら、俺を恋人にしてくれる？」

「何言ってる」

「俺本気だよ？」

「んっ――」

「右手じゃこんなことできないでしょ？　ねえ、浅生さん」

光輝の欲情が接した肌から伝わってくる。焦《じ》らされるたびに背中の下のほうがぞくぞくと震えて、歯止めが利かなくなりそうだ。

このままこの若く情熱的な男と楽しんでもいいかと流されかけながらも踏み切れないのは、五つも年下の若造に言葉で嬲《なぶ》られている屈辱からではない。もっと恥ずかしい言葉だって、ベッドの中では平気だ。

ただ……深い孤独をたたえた目をして浅生を見つめていた少年の姿が忘れられない。彼が求めていたのは恋愛では――ましてやセックスなどではなかった。

浅生の好みはクールで物静かな、昼の陽射《ひざ》しより淡い月明かりの似合うような男だ。艶やかな小麦色をした逞《たくま》しい腕からは、陽の匂《にお》いがする。それは白々と光る月からはもっとも遠いものなのに、浅生の胸を高鳴らせた。

「浅生さん……けっこう強情だね」

永い夜の中で、いつ陥落してしまったのか、浅生は覚えていない。

4

白々した照明の灯る外廊下を、ビールをもう一パック買っておけばよかったなどと考えながら歩いていると、隣家のドアの前にあの少年がいた。その日はズボンを穿《は》いていた。ちゃんとコートも着込んでいて、室から追い出されたのではなく自分の意志でそうしているのだとわかった。ほっとしたのと同時にガキがこんな時間にと訝った。表情に出ていたのだろう、少年はうろたえたように視線を泳がせながら、胸に抱え込んでいた紙袋を差し出す。

「洗濯、しました……」

一昨日のスウェットとサンダルを返すために、こんな時間まで待っていたらしい。あの翌日、浅生は仕事が上がると行きつけのバーで一杯やり、そこで知り合った男とホテルで朝まで過ごした。そのまま取材で名古屋へ行き、室に帰るのは二日ぶりだ。ゆうべも少年はこうやって浅生の帰りを待っていたのだろうか。

「着古しだし、捨ててよかったのに」

「でも」

「ありがとな。おやすみ」

少年の手から紙袋をひょいと取り上げると、会話を切り上げた。少年が他人とのふれあいに飢えているのがありありとわかった。だから素っ気《そけ》ない態度をとった。ヘタに懐かれてはめんどうだ。室に入るために踵《きびす》を返そうとして、少年の目が浅生のカメラバッグに釘付けになっているのに気づいた。

「カメラ好きなのか」

話をするつもりなどなかった。子どもは厄介だ。冷たくすればグレるしやさしくすれば付け上がる。

「父が、写真家だったんです」

ずっと、浅生と視線が合うのを恐れるようにうつむいていた少年が顔を上げ、浅生は少年の目の中で星が瞬《またた》くのを見た。

この少年は父親を尊敬しているのだと、すぐにわかった。浅生の父母はどちらも仕事と自分の楽しみで頭がいっぱいで、子どもに対してなんの感情も持ち合わせてはいなかった。適齢期になったから家柄に釣り合う相手と結婚した。結婚したから子どもを作った。それが普通だから。みんなそうしているから。そんな夫婦だった。

幼いころの浅生はそれでも彼らを無心に愛し彼らの愛情を求めた。彼らから愛されるような子どもであろうと努め、次いで問題を起こすことで彼らの関心を引こうとしたが、そもそも彼らは端《はな》から浅生に興味を持っておらず、すべてが徒労に終わった。彼らは普段浅生の存在をきれいに無視し、浅生に視線と言葉を向けるのは孤独に震え愛を乞う浅生をあざ笑うときだけだった。そのときだけ彼らは夫婦らしく仲睦《なかむつ》まじかった。

寂しさ、苛立ち、怒り、惨《みじ》めさ、あきらめ……永い時間をかけて、彼らが自分を愛することはないのだという事実を理解した。高校を卒業し家を出るころには彼らに対するすべての感情を失っていた。今彼らがどこでどう暮らしているのか浅生は知らないし知りたいと思ったこともない。親を尊敬できるというのはきっと誇らしいものなのだろう。浅生は自分の知らないその感情を、頭上に明るい星が輝くようなイメージとして捉《とら》えていた。どんなに遠くにいてもどんなに迷っても、その星明かりは正しい道を照らしてくれる。

「五年前に……亡くなって、今は母《はは》と義父《ぎふ》と暮らしています」

少年の表情から、彼のズボンを剝ぎ取って追い出したのはその義父だとわかった。子どもにだってプライドはある。少年の義父は他者のプライドを痛めつけることで自分の優位を示そうとするタイプの人間のようだ。浅生の両親もそうだった。

「光輝！　こんな時間に何をしている！」

突然一喝されて、少年はびくりと身を震わせた。浅生が振り返ると、スーツ姿の恰幅《かっぷく》のいい男が立っていた。酒が入っているらしく顔が赤黒い。頬から顎《あご》にかけて影のようにひげが伸びかけている。浅生のカメラバッグに気づくと、あからさまな侮蔑《ぶべつ》の表情が男の顔に浮かぶ。だが若く見るからに血の気《け》の多そうな浅生が正面から男の目を見ると、男はさりげなく目を逸らした。

「またな」

深く項垂《うなだ》れる少年にやさしい声をかけたのは男への反感からだったが、少年は義父の視線を気にしながらもうれしそうだった。

浅生と話していたことで、少年は義父から叱責《しっせき》や体罰を受けるだろうか。浅生がカメラを持っていたことで写真家だったという実父まで侮辱されるのではないか。あの少年を照らす明るい星を、あの男は打ち壊してしまうのではないか。考えてもしかたのないことが気になって、室に入っても三和土《たたき》の上に立ったまましばらく外廊下からの物音に聞き耳を立てていた。また少年が廊下に出されたら、今度は室に入れてやろう。

らしくないことを考えているのに気づいて、浅生は嫌な気分になった。俺はそんなに情の深い人間ではない。

それからまた何日か経《た》って、あの少年に会った。外廊下の端、ほとんど使われることがない階段に少年は腰掛けていた。制服姿で、膝と胸の間に黒い鞄を抱えている。

「えっと、伊澄くん？」

隣にかかっていた表札の名前を思い出して声をかけると、少年の頬が強ばった。それは義父の名字なのだと遅巻きながら気づく。

「名前なんての？」

「光輝です」

「こうき……ひかりかがやく？」

「はい」

「いい名前だな」

「……父が」

聞き逃してしまいそうなほどかすかな声だったが、そこに誇らしさと懐かしさが滲んでいるのがわかった。

「ちょっとお茶でも飲んでくか」

平日の午前中だ。だが学校はどうしたとは訊かなかった。会ったばかりの男のアパートに制服のまま転がりこんで何日も家に戻らないこともしょっちゅうだった浅生にそんなことを言う資格はない。隣家のガラの悪い男とカメラの話に花を咲かせるくらいかわいいものだ。

この少年と同じくらい……いやもっと幼いころから、浅生は男とも女とも寝ていた。家から締め出された夜は自分を自宅やホテルに連れ込んでくれる大人を探して街をうろついた。

セックスの快感に耽溺《たんでき》するひと時は、あのころの浅生が生きるのに必要なものだった。魚は水の中の酸素を取り込んで呼吸している。浅生の周りにあるのは淀《よど》んだ腐り水で、そこにはわずかな酸素しか含まれていない。肉体に訪れる愉悦は手っ取り早く手に入る新鮮な空気だった。

自分が女を抱くより男に抱かれるほうが性《しょう》に合っていると気づいたのはいつごろだったか。高校生だと歳をごまかしてバイトで稼げるようになってからは、男しか相手にしていない。

「お父さん、どんな写真撮ってたの」

「風景です。山とか海とか。父のカメラや作品は……母が再婚する時に全部処分してしまって」

「全部？」

驚いて尋ねると、光輝は硬い表情で首肯いた。

「でも、本が何冊か出ているから、図書館に行けば見られます」

死別な上に忘れ形見の息子もいるというのに、光輝の母親はずいぶんドライな女のようだ。だがそんなものかとも思う。義父は名前を聞けば誰でも知っているような有名企業に勤めているそうで、母親は「写真家なんて聞こえはいいけど収入は不安定だし留守がちだしで、おまえを育てるのにどれほど苦労したか。お義父《とう》さんに感謝しないと」と、何度となく光輝に言い聞かせるのだという。

義父はあからさまに少年を邪魔者として扱い、母親は息子にすまなそうな顔を見せはするものの新しい夫の言いなりらしいと、光輝の言葉の端々から推測した。たぶん外れてはいないだろう。死んだ男はもう自分を養ってはくれない。いない男の子どもよりも今の自分の安寧を重視する女……よくある話だ。

「光輝も将来写真家になるのか」

なりたい……とささやいて、光輝はうつむく。後ろ髪から覗くうなじが細い。十五の子どもというのは、まだこんなに頼りなく幼いものかと驚く。十五だったころの自分も、同じように幼かったのかと思うと胸が痛んだ。

「父さん……父みたいに旅をしながら写真を撮りたいけど、機材を担いで山に入ったり、ハードな仕事だから、俺は……小柄だし身体も弱くて、きっと……無理だと思う」

さらに深くうつむいてしまった光輝の手を摑むと、光輝ははっとして顔を上げた。

「おまえ、背の割には手や足が大きいだろ。ほら、俺のほうが頭ひとつは背ぇ高いのに、手の大きさはほとんど変わらない」

二人の手をまじまじと見比べて、光輝はこくりと首肯く。

「まだ十五だろ。きっと俺より大きくなるぞ。身体だって」

「ほんと？」

「ああ。ただし、きちんと食って運動して、たっぷり睡眠取ればな」

やっと、光輝の顔に柔らかな……子どもらしい笑みが浮かぶ。

ほんの一、二時間のつもりだったが、気がつくと陽が暮れかけていた。カメラ雑誌のバックナンバーを食い入るように読んでいた光輝に声をかけ帰るように言うと、光輝は一瞬泣きそうな顔になった。

「……………また、来ていいですか」

「俺が暇なときならな」

素っ気ない言葉を返したのは、期待させないためだ。光輝がちょっとしたやさしさに飢えていることはわかる。なのにやはりめんどうだという気持ちが先に立つ。怪しい大人に簡単に懐くなと苛立ってもいた。それに……どんなに居心地が悪くても、光輝の家はあそこしかない。

浅生の仕事は不規則で、ロケで数日家を空けることもある。光輝は浅生の帰宅を聞き付けて訪ねてくるようになった。居場所のない家の中で隣家の物音に耳を澄ませている光輝を思うと、せつなさと鬱陶《うっとう》しさが同じつよさで湧く。

子どもなりに気を使っているのか、最初に会った晩に浅生が持っていたのと同じ缶ビールを手土産に持ってきたりもした。

「ガキがアルコールなんか買ってるの見つかったら補導されるぞ」

補導という言葉に、光輝は怖《お》じけづいた。

「買うなら缶コーヒーにしろ。ブラックで無糖のやつな」

だから廊下の一番奥、コンクリートの階段に光輝が座って浅生の帰りを待っていたのも初めてではない。だが小雪のちらつく深夜、廊下に響く靴音が気になるようなしんとした夜更けに光輝の姿を見つけたときにはぎょっとした。

「んなとこ座ってたらケツが凍るぞ」

「……おかえり、なさい」

光輝の唇は色を失い、立ち上がった脚が震えている。いったいいつから座りこんでいたんだか。重たげなコートのポケットから出した手にはコーヒー缶が握られていた。無糖のブラック。ホットだったのだろうが、すっかり冷えてしまったようだ。

「手が真っ赤だ。手袋持ってないのか」

「…………あります」

やけどでもしたように赤くなっている手を両手で挟みこむ。生きている人間の身体とは思えないような冷たさで、浅生は思わず身震いした。顔を上げると、光輝は握られた手ではなく浅生を見上げていた。浅生と目が合うとうろたえたようにうつむく。浅生は手を離すと、光輝の額《ひたい》をぴしゃりと叩《たた》いた。

「いた――」

「こんな時間に何やってんだ。うちにいなくていいのか」

義父はこの週末出張だという。母親はこんな時間に外出している息子を心配しないのかと、言いかけてやめた。

「……ちょっとあったまってけよ」

言うだけ言って浅生はさっさと室に入る。光輝は慌てた様子で後に続いた。

「部屋あたたまるまでコート脱ぐなよ。あと手袋持ってるならしとけ」

二人掛けのソファの端にちんまりと腰を下ろした光輝の足元をあたためるようにヒーターの向きを変える。光輝はコートの内ポケットから手袋を取り出す。

「カシミアか。いいの持ってるじゃん」

形見なのだと、光輝はうつむきながらぼそぼそと話した。母は再婚に際して父の持ち物はすべて……衣類などはもちろんカメラや作品まですべて処分したが、この手袋だけは残して光輝に渡してくれた。父が亡くなる前年に母が贈ったものだという。新しいお父さんが気を悪くするといけないから、見つからないようにね。そう言い添えた。

「ここならあのおっさんに見られる心配ないだろ」

手袋は指先がすこし余る。それが恥ずかしいように、光輝は膝の上で手を握った。

「すぐにぴったりになるさ」

寒さで強ばっていた光輝の頬に笑みが浮かんだ。あどけない表情を愛《いと》しいと思う。そんなことを思う自分がふしぎだったが、悪い気はしない。

ヤカンを火にかけ、マグカップを二つ出す。

「それ俺にくれるんだろ？」

テーブルに置いたコーヒー缶を指さす。

「はい。でも……すみません。冷めちゃいました」

浅生はコーヒーを受け取るとマグに注ぎ、電子レンジであたためた。

「これでホットコーヒー復活」

浅生がにやりと笑うと、光輝も微笑んだ。

もうひとつのマグには粉末の葛湯《くずゆ》を入れて湯を注ぐ。

「おまえはこっちな」

マグを受け取った光輝は、立ちのぼる白い湯気の中を見て顔を綻《ほころ》ばせる。

「葛湯ですね」

「初めてか？」

いえ、と光輝は穏やかな目をして言った。

「寒くなると母が、昔よく作ってくれました」

昔……中学生の口から出ると滑稽だ。けれど光輝にとってそれは、本当に昔のことなのだろう。手の届かない遠い過去。尊敬できる父親がいて、自分を愛してくれる母親がいた、遠い昔。

会うたびに光輝は薄汚れていくようだった。衣服や身体だけではない。表情まで曇っている。頭上に輝く星を、彼は見失いかけている。

「おまえ風呂ちゃんと入ってるか」

肩を摑んで引き寄せる。髪の匂いを嗅《か》ぐと、光輝は羞恥《しゅうち》に顔を赤くした。……いや、赤くなったのは羞恥からではない。長年の経験から、浅生はそういった気配を察するのに長《た》けていた。ガキのくせに色気づきやがって。

「おまえクサイぞ」

遠慮するのを「俺も後で入るから、ついでだ」と浴槽に湯を張り浸《つ》からせる。

「さっぱりしたろ。不潔な男は好かん」

荒《すさ》んでいる家庭の子どもというのは、他の子どもから見てもわかるものだ。浅生は素行の悪さから遠巻きにされるだけで済んでいたが、光輝のようにヘタにまじめな子どもは標的にされやすい。

「洗面所にドライヤーあるから、髪乾かして来いよ。風邪ひくぞ」

貸してやった浅生のシャツは光輝には大きく、襟元《えりもと》から覗く肌に痣があるのが見えたが、浅生は気づかないふりをした。そこまで関わるつもりはない。

「うん、いい男になった」

すみません、ありがとうございましたと繰り返しながらおどおどしているのが目障《めざわ》りでそう言ってやったら、光輝は真っ赤になった。風呂上がりの光輝はやけに幼く見える。事実、まだほんの子どもだ。子どもは一途《いちず》で覚えがはやい。そう言ったのは誰だったか。跪《ひざまず》かされたホテルの床の、趣味の悪い絨毯《じゅうたん》の柄は覚えているのに、相手の顔は思い出せない。濡《ぬ》れ髪のままうつむいている光輝の、その儚《はかな》い風情に悪心が湧く。夜の街に出て所在なげに立っているだけで、寄ってくる大人がいることを教えてやりたい。そいつらは食事とシャワーとあたたかい寝所《ねどこ》を与えてくれる。時には洋服や現金も。そして刹那《せつな》のぬくもりをくれる。まやかしであっても構わない。たいしたことじゃない。多少の我慢は必要かもしれないが、苦しいばかりでもない。楽しもうと思えばどんなことでも楽しめる。子どもは一途で覚えがはやい。

「光輝」

「はい……」

「髪乾かしたら帰れ。ガキが夜に出歩くな」

5

ゆうべと同じ時間にインターホンが鳴ったので、誰が来たのかすぐにわかった。壁に取り

付けられた名刺サイズのモニター画面に、ゆうべ浅生を抱いた男が映っている。

「誰？」

不機嫌丸出しの声で言っても、光輝はひるまなかった。太陽のような笑顔をモニターカメラに向ける。

「右手代行です」

「何の用だ」

「代行しに来ました」

「間に合ってるよ」

沈黙。

「……誰か来てるんですか」

あからさまに声のトーンが落ちる。ガキめ。

そうだと答えればよかったのに、一瞬の間が空き、光輝は浅生が室に一人でいることに気づいてしまった。

「今日は日本酒持ってきました。あと刺身と。刺身はスーパーのパックのやつだけど、酒はいい物ですよ」

「今夜は仕事だ。帰れ」

返事を待たずに通話ボタンから指を離した。仕事を持ち出してもまだ食い下がってくるなら、いっそ拒絶しやすい。

だが光輝は、おとなしく帰る気がする。

浅生はモニターホンのある壁際から離れると、キッチンに入り電気ケトルに水を注いでスイッチを入れる。大きなマグに粉末の葛湯を入れて、ケトルの中の水が沸騰するのを待つ。束《つか》の間《ま》手持ち無沙汰になった浅生はほとんど無意識にモニターホンの前に戻っていた。画面の下部に、ドアに背を向ける格好でしゃがみこんでいるらしい光輝の頭と肩が見える。

何やってんだ。

そうモニター越しに声をかければ済んだ。もしくは放っておくか。だが浅生は玄関に向かった。

「何やってんだよ」

ドアを開けながら言うと、光輝の肩がびくっと上がる。バランスを崩して廊下に手をついた格好で振り返った光輝の顔は青く、力無い笑みを浮かべて浅生を見上げた。

「……寒くて、なんかおなか痛くなっちゃって。じっとしてたら治まるから……そしたら帰ります」

頼りない声で言いながら、光輝はゆっくり立ち上がった。

「帰るよ、ごめんね」

腹部を押さえている手を掴むと、浅生は無言で彼を室内に引き込んだ。

「浅生さん」

「トイレくらい貸してやる」

靴を脱いだ光輝をトイレに追い立てると、浅生はキッチンに戻った。カウンターの上の電気ケトルはもうスイッチが切れている。中の湯はまだ熱いだろうが、浅生はもう一度のスイッチを入れ直した。

再沸騰した湯をマグに注ぐとリビングに向かう。テーブルにマグを置いてヒーターの温度を上げる。ソファに目をやると、昼に買ってきた光輝の写真集が出しっぱなしになっている。浅生は慌ててテーブルを回ると写真集に飛びついた。トイレのドアを開け閉《あた》てする音が聞こえる。ソファの下に書店の紙袋と一緒に写真集を突っ込んだのと光輝がリビングに顔を出したのはほとんど同時だった。

「……はやかったな」

「部屋あったかいから、おなか痛くなくなった。……嘘じゃないよ？」

おずおずとリビングに足を踏み入れる。

「これ飲んだら帰れ」

光輝はマグを受け取ると、立ちのぼる白い湯気を顔に当てるようにして中身を覗き、唇を綻ばせた。

「葛湯だ。……浅生さん、前にも飲ませてくれたね」

「とっとと飲んで帰れ」

光輝は掌をあたためるようにマグを両手で包むと、おとなしくソファに腰を下ろす。とろみのつよい熱い液体を、息をかけて冷ましながらすこしずつ口に運ぶ。

「抹茶が入ってる。美味しい」

「あれしきの寒さで腹痛いとか、信州うろついてたときはどうしてたんだよ」

光輝の最初の写真集は、日本アルプスを二年がかりで撮り歩いたものだった。

「冬は保温下着重ね着して、その間にカイロ挟んで暮らしてました。なんで向こうに住んでたって知ってるの？」

「写真集出したろうが。『信州を歩く』」

さきほどまで膝の上でページを捲《めく》っていた本だ。

「あの本見てくれたんだ」

子どものようにほっぺたを上気させた光輝が、子どものように屈託なく微笑む。

「編集部に置いてあったから、ちらっとな」

「うれしいなあ」

身体があたたまるのと同時に普段の調子を取り戻したようだった。

「どうだった？」

「飲んだら帰れよ」

「帰れ帰れって、それればっかり。ねえ俺の写真どうだった？」

「あの本売れたんだろ」

ジャケット写真に起用され知名度が上がっていたところを狙っての出版だったこともあり、『信州を歩く』は風景写真集としては異例の売り上げを記録した。

「今さら俺の感想なんか聞いたって意味ないだろ」

「意味はあります。浅生さんが俺の写真見てどう思ったか知りたい」

薄くなった湯気越しに浅生を見る光輝の目は真剣で、浅生はさりげなく目を伏せてその視線から逃れた。

「いい写真だと思うよ。引きがある」

俺は好きだよ。そう言いかけて、ためらった。

山の四季というモチーフも作品の構図もありふれてはいたが、自然の美しさを押し付けるような感じがなく、まるでその風景を直に目にしているような素直さ素朴さがある。楽しんで撮影したのだろうとわかる、見ていて思わず笑みの零れるような写真ばかりだった。マグを包むようにして握っている大きな手……この手で撮影したのだと思うと妙にどぎまぎしてしまう。どうやら俺はこいつのファンになってしまったらしい。浅生は緩みそうになった口元を隠すために咳払《せきばら》いをした。

「うれしいなあ」

さきほどと同じ言葉を、さきほどより情感を込めて呟くと、光輝はマグに残った葛湯を飲み干した。

「ごちそうさま」

何度目かの「帰れ」が浅生の口から出る前に立ち上がる。浅生も腰を上げ、玄関までついていく。

「仕事中に手間かけさせてすみませんでした。ああ、そうだ。これお酒と刺身、置いて行きますから晩酌にでもしてください」

「いいよ、持って帰れよ。夕飯まだなんだろ」

「俺、一人のときは飲まないんです」

「じゃあ刺身だけでも」

「これは、浅生さん飲み出すと食べないから買ってきたんです。だから一緒に置いていかないと意味がない」

なんでこいつに酒の飲み方まで心配されなきゃならないんだ。しかし押し問答になるのもめんどうで、浅生は渡されたレジ袋を受け取る。

「明日も来ていいですか」

「来るな」

「つれないなあ」

「もう来るな」

「どうして？」

光輝が手を伸ばしてくる。避《よ》けなければと思ったのに、気がつけば抱き寄せられていた。

「どうしても、何も」

声が震えそうになって、浅生はぐっと口元に力を込めた。

「また無理矢理やる気かよ」

「無理矢理？　嫌がってたの口だけだろ」

浅生の挑発に応戦した光輝は、だがすぐにしょんぼりと眉《まゆ》を下げた。

「ねえ、浅生さん、俺浅生さんとケンカしたくない」

そんな顔でそんなことを言われたら、まるで俺が悪いみたいじゃないか。

視線を落とすと三和土に並べられた光輝の靴が目に入る。でかい靴だ。さすがにこれ以上身長は伸びないだろうなと見上げると目が合った。光輝は眩《まぶ》しいように目を細めて浅生を見ていた。

「連絡もせずに来てごめんね」

おずおずとささやく表情に、中学生のころのおもかげがある。

唇に光輝の吐息がふれる。背中に回されていた手が動く。シャツ越しに背中を探ってくる手の感触に、ゆうべ浅生を翻弄《ほんろう》し夢中にさせた快楽がよみがえる。のしかかってくる光輝の重みと熱さが心地よかった。理性では拒んでいても、身体は正直に悦《よろこ》んでしまった。欲情している男の身体を感じるのはずいぶん久しぶりだった。本当に……久しぶりだ。

ちょっと待て、前にしたのいつだ？　さりげなくシャツの中にもぐりこもうとする手を身体を捻って躱《かわ》しながら、浅生は記憶を辿《たど》る。たしか久坂と取材旅行に出る前で、行きの新幹線の中で「ちゃんと発散させてきたから、心配するなってなっちゃんにメールしてあげて」なんて軽口を叩いて……あのときの取材先は……神戸？　そうだ、補正を済ませたデータを納品したすぐ後に企画どころか雑誌ごと無くなってギャラはおろか経費も出なかったんだ！

──つかあれ三年前じゃん！

「──うそっ」

「え、な、何？」

浅生のうなじを唇でなぞっていた光輝が、驚いて顔を上げる。

「いや、あ……」

セックス三年ぶり？　マジかよ。

何より驚いたのは、三年間セックスなしでもまったく不自由を感じなかったことだ。十代のころなど独り寝が三日も続くとたまらなくなったのに。

「浅生さん、どうしたの」

呆然《ぼうぜん》としている浅生の顔を気遣わしげに覗き込む光輝に気づいて、浅生は目を伏せた。

「いや……ちょっと」

光輝は浅生の手を取ると、その甲にくちづけする。

「緊張してるの？」

するかバカ。

「浅生さん」

低く掠れた声に耳裏を撫でられる。厚めの唇がそのまま首筋に降りてきて、身体が奥から震えた。

「……首にキスされるの好き？」

声が欲情に濡れている。このままだとゆうべの二の舞だ。浅生は光輝の肩を押すと身体を離した。

「浅生さん……」

「仕事だって言ってるだろ。帰れよ」

「うん……。おやすみ。明日電話するね」

6

「鮎川くんとはどうですか」

Ｋ社に顔を出すと久坂がいて、あいさつを交わすとすぐに光輝の名が出た。浅生が露骨に嫌な顔をしてみせると、久坂は苦笑する。生まれ持ったものか育ちの良さからか、久坂の苦笑はシニカルな要素がなくなんともいえず上品で、浅生は気に入っている。

「彼、いつも浅生さんのことを聞きたがるんですよ」

「よく会うんですか」

フリーライターの久坂は仕事以外でもちょくちょく編集部に立ち寄る。写真集の打ち合わせに来た光輝にねだられて先週メールアドレスを交換したのだという。

「……何か話しました？」

「砂肝はタレより塩、あと軟骨が好きってことくらいかな」

人のことをべらべら話す人ではないのはわかっていたが気になった。光輝が久坂に何と言って浅生のことを聞き出そうとしたのか、それに久坂がどう答えたか。

「興味本位とか、そんな感じではないみたいだし、デートくらいしてあげたらいいのに」

まさか再会したその日のうちにやっちゃってつきまとわれてますとは言えない。あれから光輝は律義《りちぎ》に電話でアポイントを取るようになったが、当然浅生は断る。聡《さと》い光輝は断られた理由が仕事ではないと察すると、手土産を持って訪ねて来たりする。断ったのに押しかけて来るようなヤツにドアは開けない。だが光輝は一向に懲《こ》りた様子はなく、笠地蔵《かさじぞう》ですなどと言いながら土産だけを置いて帰る。

「デートなんてして勘違いされても困りますから」

まるで身持ちの堅い人間のようなことを言う浅生に、久坂は驚いたようだった。

「なんだかかわいそうになっちゃうな」

「肩持つんですね」

「だって健気《けなげ》なんですよ、浅生さん浅生さんって。それに、旧知の仲なんでしょ？」

「旧知なんて言うほどじゃありませんよ。今でこそあんなデカくなってますけどね、あいつ中学生のころはチビでひょろひょろだったんですよ。だからすぐにはわからなかった」

「中学……そんなに昔からの知り合いだったんですか」

「知り合いといってもほんの一時期の話ですよ」

久坂はちょっと口ごもってから、おずおずと切り出した。

「まさか……彼の筆下ろしをしたとかそういう関係じゃないですよね」

「中学生に手ぇ出すような外道《げどう》だと思われてたとはね」

大袈裟《おおげさ》に嘆いてみせると、久坂は慌てた。

「浅生さんが案外まじめなことは、ちゃんと知ってます」

「案外って。まあそのうち、気が向いたらね、頭からバリバリ食って女じゃ勃たない身体にしてやりますよ」

遊び人の口調で言ってにやりと笑うと、「手加減してあげてくださいね」と久坂も笑った。

「なんだったら久坂さんが先に食べちゃってもいいんだよ？」

水を向けると、久坂は澄ました顔で返す。

「僕は偏食なんです。夏希《なつき》以外の男は口に合いません」

「浅生さん！　久坂さん！　おはようございます！」

廊下の反対側からでかい声がして、光輝が駆け寄ってくる。ストーンウォッシュのジーンズにルーズなシルエットのロングコートを着て、帆布《はんぷ》の大きなショルダーバッグを斜めに掛けた光輝は、バイトに向かう大学生のようだ。

「運命ですね」

久坂が小声でからかう。

「じゃあ、僕はこれで」

浅生に目配せすると、光輝にあいさつをして久坂は立ち去った。

「もしかしてお邪魔でした？」

「わかってんなら来るな」

「久坂さんのこと誘ってたんですか」

びっくりしたような顔で光輝が尋ねてくる。

「言ったろ。久坂さんは俺のド真ん中なんだ」

「けど久坂さんの恋人って、浅生さんの高校からの友達なんでしょ。どうして教えてくれなかったんですか」

抗議する口調で問われてうんざりする。

「それ、わざわざおまえにお知らせしなきゃならん情報かよ」

「わざわざお知らせしてほしい重要な情報です！　だって俺、浅生さんが久坂さんを好きで、久坂さんもまんざらじゃないのかもってずっと気を揉《も》んでたのに」

「それとこれにどんな関連があるんだよ」

心底ふしぎに思って尋ねると、光輝はきっぱりと言った。

「友達の恋人とヘンなことにはならないでしょ」

「んなこと関係ねえよ」

「えっ！」

同じくらいきっぱりと言い返してやると、光輝は大袈裟すぎて笑えるほど驚いた。

「……て言いたいところだが、なっちゃんには恩があるからな」

「なっちゃん……夏希さんでしたっけ。久坂さんとはもう五年も同棲してるって聞きました」

「ああ……」

どこまで食い込んでくるんだこいつは。

廊下を通りかかった編集者が、好奇心を露にした視線を向けてくる。浅生が黙ってビルを出ると、光輝までついてきた。

「用があるんじゃないのか」

「ここでの用はもう済ませました。ねえ浅生さん、今夜焼き鳥食べに行きましょうよ」

うきうきとした様子で光輝が言う。

「美味しい店、浅生さんが知ってるって久坂さんに教えてもらいました」

「久坂さんに聞いたんなら久坂さんと行けばいいだろ」

「浅生さんと行きたいんです。連れて行ってください」

「やだよ」

甘え上手な年下の青年。そんな無邪気な態度を取りながら、光輝の視線は息苦しいほど真剣で、まるで浅生を射貫《いぬ》こうとしているようだ。自信が彼を変えたのか。見違えるように明るく快活になったのに、時折あのころのような仄暗い目をする。痩せっぽちでいつもうつむいていた孤独な少年。あのころの印象が忘れられないから、おもかげを探してしまうのか。

「もう、即答しないでよ」

光輝は不満を口にしながらもそれ以上は食い下がらず、これからの予定を尋ねてくる。H社で打ち合わせだと答えた。

「俺もそっち方向です。いい天気だし歩きましょうか」

提案ではなく決定の口調で言うと、光輝は上機嫌で歩き出す。同じ方向なので浅生も後に続く。光輝はすぐに歩調を落として浅生と並んだ。肩の位置が浅生より高い。なんだか癪《しゃく》に障る。姿勢よく颯爽《さっそう》と歩く姿に思わず目を奪われる。姿勢のいい男は好きだ。健全さや誠実さを感じさせる。どちらも浅生にはないものなので、つい目がいく。あのころの光輝は猫背ぎみでいつもうつむいていた。大きくなったなと、親戚のおっさんのような感慨が口をついて出そうになる。

H社までは電車で一駅の距離だ。浅生は電車を使うつもりでいたが、こうやって歩くのも悪くない。気温は低いが風はなく、歩いているうちに煩《わずら》わしくなってコートの前を開けた。

「ちょっと一休みしましょうか」

光輝がそう言って足を止めたのは、あと五分も歩けばH社に着くという場所にある公園の前だった。

「つきあってくれたお礼に飲み物奢《おご》ります」

ポプラの木陰に置かれたベンチに腰掛ける。光輝は自動販売機のある公園の入り口まで戻った。ブランコに砂場、あとは鉄棒があるきりの小さな公園だ。公園は好きじゃない。

こんなふうに公園で何をするでもなく過ごすのは子どものころ以来だ。鍵を持たされていなかった浅生は、学校が終わっても共働きの両親が帰宅するまで家に入ることができなかった。もっと小さなころは雑居ビルの中にある保育所で絵本を読んだりブロックで遊んだりして過ごしたが、小学校に上がると放課後から両親の帰る夜まで外で過ごさなくてはならなくなった。学校から帰るとランドセルを庭に隠して公園に行く。歳《とし》の近い子どもたちが遊んでいても、その輪に加わることはなかった。子どもたちのそばには母親がいて、ささいなことでケンカをしたり危険な目に遭わないようにと目を配っている。日曜日には父親の姿もあり、ビニールシートを敷いてちょっとしたピクニックをしていたりした。母親たちは独りでいる浅生を見ると怪訝《けげん》な表情で「お母さんは？」と尋ねた。だから浅生は彼らから離れた木立に隠れて、独りでひっそりと遊んだ。雑草のまばらに生える硬い土の上に、拾った小枝で絵を描く。それは保育所時代にテレビで見た深海の魚だ。

保育所はいつも乳幼児でいっぱいで、保育士は乳児の世話にかかりきりだった。構ってほしいと泣く子どももいたが、そのころの浅生はもう、泣いても得られないものがあることを知っていた。数の数え方や字の書き方を、繰り返し再生される知育ビデオで覚えた。遠い国の町並みや深い森、宇宙や海底を特集した番組を録画したものもよく流されていた。中でも浅生は深海に棲《す》む生き物の生態を紹介する番組が好きだった。難しい言葉も出てきたが、何度も繰り返し見るうちに、意味がだいたい察せられるようになった。「常闇」という言葉が、幼い浅生の心に残った。永遠の闇。輝くものの何もない世界。

常闇の空から雪が降る。海の中に降るそれは水の結晶ではなくマリンスノーと呼ばれる浮遊物だ。微生物の死骸や生物由来の細かなゴミで、深海の生き物たちの食料になる。

そこに棲む生き物たちは皆一様に異形《いぎょう》だった。かすかな光を捕らえるために大きく発達した目を持つもの。さらに深く、太陽光の完全に届かない海の底では目は退化して無くなる。大きな口。ギザギザに尖《とが》った歯。そして、光を放ちみずからを照らすもの。「環境に適応した形」なのだと解説が流れる。凄《すさ》まじい水圧と低温に耐え常闇を生きるために姿を変えた生き物たち。

浅生は自分の手を見る。落ちていた枯れ枝を握っていたので、黒い汚れが斜めの線になって掌を横切っている。小さな手には水掻《みずか》きも硬い鱗《うろこ》もなく他の子どもたちと変わらない。浅生が棲むのは光の届かない深海なのに、浅生の身体は陽が射《さ》し栄養豊かな浅瀬の魚たちと同じ形をしている。浅生は自分が異形に変化するのを夢見た。そうすればきっと、マリンスノーの降る常闇の中でも仲間を見つけることができるかもしれない。

やがて空が銅《あかがね》色に染まり始めると、子どもたちは母親と手を繋いで帰っていく。長く伸びる影を見送ってから、浅生も立ち上がる。迫りくる宵闇《よいやみ》に追われるように走って帰っても、まだ家に明かりは点《つ》いていないことが多い。そんなときは庭の植え込みの陰に隠れる。そうやって両親のどちらかが帰ってくるのを待ち、ドアの開いた瞬間を狙って中に潜り込む。もたもたしていると締め出されてしまい庭で眠ることになる。しかし明かりの灯る家に入っても、浅生が独りであることに変わりはない。

つまらない思い出をため息で追い払うと、光輝がまだ戻っていないことに気づいた。見ると光輝は自販機の前に腹這《はらば》いになってカメラを構えている。ベビーカーを押しながら歩いてきた若い母親が、光輝に気づくとぎょっとして立ち止まり、次いで速足《はやあし》になって歩き去った。

光輝が立ち上がり、服についた砂を払うと自販機でドリンクを二本買って駆けてきた。

「お待たせ」

差し出したのはブラックコーヒーの無糖缶だ。もう一方の手には緑茶缶がある。

「……覚えてたのか」

「うん」

缶コーヒーは無糖のブラックしか飲まない。そんな話をしたのは十年も前のことだ。

「カメラ持ち歩いてるんだな」

「浅生さんは持ち歩かないの？」

ふしぎそうな様子の光輝に、自分のほうが少数派なのだと気づく。

「撮りたいものがあったときに、カメラ持ってないとがっかりしません？」

浅生にとってカメラはあくまで仕事道具だった。

「で、何撮ってたんだよ」

光輝がカメラを手渡してくる。浅生はコーヒー缶をベンチに置いて受け取った。撮影したばかりの画像データを見ると、まばらに生えた草の間に咲いた小さな花が接写されていた。冬の侘《わび》しい景色の中の、真夏の空の青。

「おまえ通りすがりの主婦に不審がられてたぞ」

「えー、なんで？」

「そりゃおまえ、平日の真っ昼間にいい歳した男が公園で腹這いになってたら怪しいだろ」

「カメラ持ってるんだから、写真撮ってるってわかるでしょ」

「カメラ持ってるから余計に怪しいんだよ」

言ってやると、光輝は心底心外そうな顔をする。

「俺どこに行くにもカメラは持ってますよ。カメラやってるヤツなんてみんなそうでしょ？　高校のときだって首から下げて通学してたし」

「………おまえ、友達いた？」

「写真部にいっぱいいたよ！」

いくら顔が良くてさわやかでも、首からでかいカメラを下げて登校する高校生はあまりモテなかっただろうな。おまけに突然地面に這いつくばったりしたらなおさらだ。想像したらなんだか笑える。

「まあいいけど、路上撮影するときは職質されないように気をつけろよ」

長閑《のどか》な田舎町で暮らしてきた光輝にはいまいち危機感が足りないようなので、二年ほど前の経験を話してやった。

「スタジオでグラビア撮影してたんだけど、ちょうど桜が咲いてたからロケに出ようってことになってさ」

「浅生さんグラビアもやるんですか」

「俺は気が向けばなんでもやるよ。グラビアは、なんでだか俺のこと気に入ってくれてるプロデューサーがいて、その人から話が来たときくらいかな。俺だったらタレントの女の子食っちゃうこともないし」

光輝は「そんなことするカメラマンいるんですか」とカルチャーショックを受けている。

「それでタレントの子の準備している間に俺が一人でロケハン……てかカメラ持って桜並木をうろついてたら、いつの間にか警官二人に挟まれてた。通報があったんだってよ」

「腹這いになってたんですか」

「なるか。ファインダー覗いて立ち位置探してただけだ。知らなかったんだけど、桜並木の裏に幼稚園があったんだよ」

「ああ……」

物騒な世の中ですからねと、光輝は力無く笑う。

「名刺なんていくらでも偽造できるとか言われて、電話でスタジオ関係者呼んだりめんどうだった。おまけにそんなことやってる間に陽が陰ってロケできなくなるし、最悪」

光輝は都会って怖いなあなどと呟きながら、緑茶缶のプルタブを開ける。浅生もコーヒーを口にした。あたたかいものを腹に入れてほっとひと息つくと、同じように白い息をついた光輝が浅生の手を握る。

「なんだこの手は」

「なんだって、せっかくの公園デートなんだし、雰囲気出さないと」

「いつの間にデートが始まったんだ」

「そりゃ一緒に歩きだしたときからでしょ」

光輝は澄まして嘯《うそぶ》く。重ねられた手を振り払えば、また光輝はうるさいだろう。でかい手だ。だがゴツイ印象ではない。指が長くてすらりと形がいい。爪だけが子どものように四角いのがアンバランスで愛嬌がある。氷みたいな指先に、十年前の記憶がよみがえる。体質なのかあのころから冷たい手をしていた。そういえば、この爪の形には覚えがある。とくに意識して見ていたわけではないのに、写真雑誌をめくる指先や、浅生が貸してやったカメラをぎこちなく構える手の爪は、たしかにこの形だったと覚えている。

「ほんとに……」

本当にあの光輝なんだな。

「ん？　なんですか」

別人であれば、素直にこの「美味しい状況」を楽しめた。遊び人の浅生にとって、他にこの男を拒む理由がない。顔も身体も上等で、おまけに気立てもいい。大胆な迫り方をしてきた割にはたいした経験はなさそうだが、カンはいいから仕込み甲斐《がい》がありそうだ。だが……光輝にそんなことはできない。

(仕込まれるより仕込むほうがお好みだとは意外だったな)

常闇の深海から、異形の生き物の声がする。

(知ってる？　このお兄さん、男をいい気持ちにさせるのが巧《うま》いんだよ)

「……手が冷たいのは変わらないんだな」

「あ、ごめん！　冷たかった？」

パッと離した手を、今度は浅生から握る。とくに他意はなかった。せっかくあたたまりかけていたのに、離すのは惜しいような気がしただけだ。

「……俺、昔っから指先と足先がすぐ冷えて……」

自分から握ってきたくせに、浅生の指に手をなぞられて、光輝はしどろもどろになる。

「浅生さん……」

その声は掠れ揺《ゆ》らいでいる。浅生は手を離すと光輝の額をぴしゃりと叩いた。

「いたっ」

「手ぇさわられたくらいで発情すんな！」

「発情って」

なんて言い方するんですかと光輝は憤慨する。

「じゃあなんて言えばいいんだ」

「……――と、トキメキとか」

「乙女かよ」

「とにかく！　純朴な青年からかうのはやめてください」

言いながら、さりげなく浅生の手を握り直す。浅生もさりげなく手を引こうとしたが、光輝は離さなかった。

「……そういえば、おまえ、こっちに何の用なんだ？」

「写真展の打ち合わせです。会場、そこのAミュージアムなんですよ」

「へえ」

メジャーな写真家の個展が開かれることもある大きなイベント会場だ。

「見に来てくださいね。チケット贈りますから」

「……気が向いたらな」

「意地悪言わずに来てくださいよ。俺けっこう会場にいなくちゃならないみたいなんで、案内しますよ」

浅生は残っていたコーヒーを飲み干すと、もう一度「気が向いたらな」と答えた。

「今夜行ってもいいですか」

断られるのがわかっている質問を毎日繰り返せる神経の太さは驚嘆に値する。

「おまえさ、そんな暇ないだろ」

「ん？」

きょとんとしている光輝に、浅生は辛抱づよく繰り返した。

「もう来んなよ」

「行くよ」

「仕事しろ。仕事のために上京したんだろうが」

「仕事はしてる。夜はフリーだから仕事以外で好きなことしてるだけ。俺昼はすっごい働いてんだよ？」

「ほんとかよ」

「ほんとほんと。今日だってこれから会場のレイアウトの相談しに行くんだから」

「じゃあさっさと行けよ」

「まだ約束の時間じゃない。K社で浅生さんに会えるかもしれないからはやめに来たんです」

調子よく言うと、光輝はこの仕事が終わったら北海道に行くのだと話し出した。その目に生き生きとした光が灯る。

「しばらくあっちで暮らしていろいろ撮ってこようと思ってるんです」

俺が光輝に対して感じているのは、妬《ねた》み混じりの憧憬《しょうけい》だ。

そして光輝の俺への気持ちは……孤独だった少年時代に感じたわずかなぬくもりへの追想だろう。他に何がある？

「……浅生さんも行かない？」

「俺が何しに行くんだよ」

「何って写真撮るに決まってるじゃん」

浅生さんと二人で北海道を回ったら楽しいだろうな。うっとりと光輝がささやく。

「ねえ、行こ？」

「行かねえよ。おまえ俺のことどんだけ暇人だと思ってるんだ」

光輝の笑顔が眩しいのも、夢を語る姿に胸が疼《うず》くのも、愛や恋などといった甘やかな感情からではない。

「俺……そんなつもりじゃ」

浅生の言葉の中にあった刺《とげ》とその意味に気づいて、光輝はしゅんとする。そうだ。光輝はけして鈍感な人間ではない。他人の感情には神経質なくらいだ。浅生の気持ちもわかっているはずなのに、頑《かたく》なに目を背け気づかないふりをする。

代理店と出版社でそれぞれ打ち合わせをして、最寄り駅に降り立ったときには空は一面の夕焼けだった。代理店で例のプロデューサーに会って久々にグラビア撮影を頼まれた。発想のおもしろい男で、今度の仕事も楽しくなりそうだ。浅生くらいのキャリアがあれば専門……とまではいかなくても得意分野ができてくるが、浅生はあえてこれというものを作らずスケジュールとギャラさえ折り合えばどんな仕事でも引き受けた。広く浅くが性に合っている。

ぶらぶらと歩いてスーパーで今晩の酒と肴を調達する。マンションの前の一本道に光輝がいた。ショルダーバッグを足元に置き、カメラを構えている。レンズは街路樹の梢に向けられていた。ファインダーを覗くその横顔から、浅生は目が離せなくなった。なんて楽しそうな顔をしているんだろう。今にも笑みを浮かべそうな口元に、真剣な瞳。こいつは本当に写真が好きなんだな。カメラを構える腕のライン、端整な横顔。人間をこんなに美しいと思ったことはなかった。

「浅生さん!」

満足のいく画《え》が撮れたのか、カメラを下ろした光輝は浅生がいるのに気づいて満面の笑顔になる。こんなふうに微笑みかけられて、浅生はどうすればいいのかわからなくなる。

「……何してんだ、こんなところで」

心惹かれたものにカメラを向ける。晴れ渡った空であったり雑雑《ざつざつ》とした路地であったり、あるいは陽だまりで眠る薄汚れた野良猫であったり。心を惹かれ、興味を持つ。自分の中に生まれた感情を写真という形にしてしまうことに、浅生は抵抗があった。だから仕事以外ではカメラは使わない。

(撮りたいものがあったときに、カメラ持ってないとがっかりしません？)

けれど……そうだな。たしかに今、俺はがっかりしていた。

密かに自嘲した浅生に、光輝はショルダーバッグから取り出した包みを差し出す。昼に連れて行ってくれとねだった焼き鳥屋のロゴが印刷されていた。浅生には馴染《なじ》みの店で、炭火で焼いた地鶏《じどり》は身が引き締まって弾力があり、ビールが進む。

「おまえなあ」

「焼き鳥で一杯やりましょうよ」

バッグには六缶パックのビールも入っていた。

「冷えてますよ」

そんなの俺だって持ってる。スーパーのレジ袋の中にあるビールを見せると、光輝は余裕の笑みを浮かべた。

「でもそれじゃ浅生さん足りないでしょ？」

家には買い置きのビールも日本酒も焼酎《しょうちゅう》もある。ワインだってある。

「ダメ？」

「ダメ」

「じゃあこれ、夕飯にしてください。飲みすぎないでくださいね」

拍子抜けするほどあっさりと光輝は退《ひ》いた。重いですよと言いながら焼き鳥とビールを浅生に差し出す。

「しつこくして嫌われたらやだし」

「おまえが食べろよ。その店の旨《うま》いぞ」

「いいんです。浅生さんと食べたかったから、一人じゃつまんないし。また今度、浅生さんと一緒に食べるときの楽しみにとっておきます」

押し付けるようにして渡された包みはまだあたたかい。炭焼きのいい匂いがする。

「……こんなに、一人じゃ食べきれない」

顔を上げるとまっすぐに浅生を見つめる真摯《しんし》な視線にぶつかる。宵空を背景に立つこの青年の、中学時代を知らなければ今ごろ骨抜きになっていたかもしれない。長身に山歩きで培った体格。土台がいいのでありふれた格好をしていても様になっている。あの晩の翌朝、シャワーを使った光輝は浅生のヘアクリームを借りるとさっと手櫛《てぐし》で髪を整えた。その手つきが妙に男くさくて見惚《みと》れてしまったことを思い出す。

「浅生さん？」

どうやらぼんやりしていたらしい。光輝は怪訝な顔をしている。そんな光輝をよくよく見返して、浅生は眉をひそめた。

「おまえなんで頭に草乗っけてるんだ？」

「え？」

光輝が手で無造作に髪をくしゃくしゃにすると、草がはらりと落ちる。

「あー、ほんとだ。河原でついたのかな」

車窓から見えた川面《かわも》に映る夕陽がきれいだったから、途中下車したのだという。どうやら河原でも腹這いになったらしい。よく見ると靴やコートに土がついている。

「わんぱく坊主かよ」

パタパタとコートの肩や腕を叩く光輝に、浅生はがっくりと肩を落とす。エントランスに足を向けた。

「つまらないまねしたら蹴《け》り出すからな」

光輝は「努力します」と白い歯を見せて笑った。半ば奪うようにして浅生の荷物を持ちほくほくと後をついてくる光輝を横目で見ながら、浅生は流されやすい自分の性格を呪《のろ》った。

光輝を風呂場に追い立てて食卓の準備をしていると、浅生が貸してやったスウェットの上下に着替えた光輝がやってくる。桜色に染まった肌にタオルドライしただけの髪の光輝はくつろいだ表情で、浅生はなぜかドキリとした。ずいぶんはやいなと浅生が口を開く前に、光輝は満面の笑顔で言った。

「さあ！　お風呂入りました！」

「……さあって……なんだよ」

「準備できましたって意味です」

「何の準備だ」

「だって部屋に上げてお風呂使わせてくれるって、そういう意味でしょう？　俺は食前食後いつでもＯＫです」

「もう帰れ」

「湯冷めしちゃいますよ」

「おまえは風邪ひかないよ。俺が保証してやる」

蹴り出されるかおとなしくメシ食うか決めろと言うと、光輝は渋々食卓につく。

「さっきの努力しますはなんだったんだ」

「あれは、充実した時間になるように努力しますという……」

突っ込む気力も失《う》せて、浅生は黙々と大皿を出し焼き鳥の包みを開いた。

「おまえこれ何人分だ」

皿に山盛りになった焼き鳥を見て、浅生は呆《あき》れた。

「だって腹減ってたんですもん。タレのいい匂いに負けてついあれもこれもで注文しちゃって」

残ったのは昼ごはんにでもしましょうと光輝は言い、炊き立てごはんに串から外した焼き鳥を乗せてタレをかけると美味しいんですってと続けた。

「店の人が教えてくれました。ほら、別売りのタレと山椒《さんしょう》も買ってきました」

ビールを開け光輝にねだられて乾杯をしてから飲み始める。

「二人ごはんを祝して」

「なんだそりゃ。個展開催を祝ってとかでいいだろ」

「あー、それもうれしい。ありがとうございます」

腹が減っていると言うだけあって、光輝は旺盛な食欲を見せて焼き鳥山の標高を下げていく。浅生も光輝ほどではなかったが空腹だった。この分なら焼き鳥丼をするほどは残らないだろう。ときおり無性に食べたくなって大鍋で作るふろふき大根の残りを出すと、光輝は大袈裟に喜んだ。

「浅生さんの手料理食べられるなんて夢みたいだ」

「手料理ってほどのもんじゃ……。切って煮るだけだし」

「でもいい味だよ。よく染《し》みてるし。ごはん欲しくなる」

「……冷凍のでよければごはんあるぞ」

「食べたい！」

光輝のペースに乗せられているなと思いながら、だが不快ではなかった。浅生が電子レンジでごはんをあたためていると、リビングから声がした。

「浅生さん、あっちの部屋見ていい？　カメラ置いてある部屋！」

「いいけど、あんまさわんなよ」

「はーい」

冷蔵庫に筑前煮が残っていた。これは総菜屋で買ったものだ。そこまでマメではない。ついでに小鉢に移してごはんと一緒にリビングに持っていく。

「これ何！」

光輝が素《す》っ頓狂《とんきょう》な声を出すものだから、危うく小鉢を落としそうになった。

リビングと続きになった部屋の仕切りを外して仕事部屋にしており、機材の他に過去の作品やカメラ関係の書籍を収めたスチールラックも置いていた。そのラックに突っ込んだままになっていた古いパネルを、光輝が見つけたらしい。

「これって浅生さんだよね？」

なんのことだと振り返りパネルを目にすると、浅生は慌てて駆け寄り取り上げようとした。しかし光輝はさっと身を引いてパネルを死守する。

「こら、見るな！」

「もう見たんだから隠さなくてもいいだろ。ねえ、どうしたのこれ」

そんなところに蔵《しま》っていたことなど、すっかり忘れていた。何度かした引っ越しのどさくさで紛失したと思っていた。A3サイズのパネルに仕立てられた写真の被写体は、たしかに浅生だ。

「昔一度だけ、頼まれて――もう忘れてた」

「昔っていつごろ？」

パネルをうっとりと眺めたまま光輝は訊き、浅生もそこに写るキツイ目つきのいかにも生意気そうな面構《つらがま》えの自分に目をやる。荒んだ目をしているくせに、顔立ちはまだあどけない。

「十六か……七くらいだったかな」

「俺と会うより前なんだ……」

高校一年の夏だった。配送のバイトをしていたクラスメイトの夏希に半ば強引にヘルプを頼まれた。重労働でバイト代はいい。だが浅生が歳をごまかしてウエイターをしている夜の店のほうがずっと金になった。客は単身の男ばかりで、酒を舐《な》め目当ての相手を見つけるとさざ波のような会話を交わし、連れ立って出ていく。そんな店だ。あぶれた男の膝に脚でも乗せてやればチップも手に入るので時給と合わせればけっこうな稼ぎになる。炎天下に重い機材を汗だくになって運ぶなどバカらしいと、口に出さずとも顔には出ていただろう。力仕事なんて無理だと無難な理由をつけて断るのを聞き流して、夏希は浅生を運送会社に連れていった。そこは引っ越し屋ではなく機材の運搬を専門にしている会社だった。その日、浅生と夏希が荷物を搬入したのは写真スタジオだった。機材に囲まれた暗く広い倉庫のような場所の一角だけが眩しいほど明るく、背景の前で派手なメイクをした女がポーズをつけている。

安っぽい光景だと思ったのに、なぜか心惹かれた。そこだけが現実と切り離された別世界のように見えたからかもしれない。

モデルの衣裳替えで休憩に入ると、さきほどまでカメラを構えていたうさんくさそうな男がやって来て、モデルにならないかと言われた。当然口実だと思った。

「俺と遊びたいならここ来てよ」

営業用の甘い笑顔で名刺を差し出す。むろん夏希には気づかれないようにこっそりと。夏希は浅生のアルバイトとそれに付属するこづかい稼ぎのことを薄々は知っている。まじめな男だ。不快に思っているだろうに、浅生への態度は変わらないし説教めいたことも言わない。だから浅生も、夏希の前では普通の高校生でいたかった。

男は一瞥《いちべつ》しただけで名刺を受け取ろうとはしなかった。

「俺ここ経由じゃないと遊んであげられないよ？」

「撮影は遊びじゃない」

渋い顔で言うが、ほとんど金髪に近い明るい色に染めた髪にサイケデリックな柄のアロハを着ているせいか威厳はない。じゃあと浅生が立ち去ろうとすると、男——加納《かのう》はスタジオアシスタントのバイトをしないかと食い下がった。浅生が撮影の様子を食い入るように見つめていたのに気づいていたらしい。暗いスタジオの中心、何枚もの大きな幕で仕切られた空間だけが白々しいほど明るい。影のない空間に立つモデルの女も美人ではあるが安っぽく見えた。だが目が離せなかった。

「アシスタントって何するの？」

「スタジオやロケ先で俺が撮影する手伝いをするんだ」

要するに使いっ走りか。めんどくさそうな仕事だ。おまけに提示された給料はこのバイトより安かった。ウエイターで稼げる額の半分以下だ。だが浅生は引き受けた。そのとき何を思ったのかは、もう思い出せない。薄暗い店で酒臭い男の息に肌を撫でられるのにもそろそろ飽きていたのかもしれない。

それがこの世界に入るきっかけになった。

加納寿《ひさし》が名の知れた写真家だと知ったのは、彼の下で仕事を始めてからだった。浮ついた外見と言動からは想像できないほど繊細で艶のある写真を撮る。人物……とくに女性には定評があり、とある大物女優は晩年、彼以外にはポートレートを撮らせなかったというのは有名な話だった。そのギャップに興味をそそられて、戯《たわむ》れに誘ってみたら鼻で笑われた。

「お子ちゃまが大人の男を誘惑しようなんて十年はやいぞ」

「子どもかどうか試してみなよ」

むっとする浅生に、加納は意外な言葉を続ける。

「俺は嫁さんに隠れて職場の若いのに手ぇ出すとか、そんな格好悪いことはしないんだ」

加納はめったに見せないまじめな顔をしていたが、視線をすこし下げれば精密に描《えが》かれた虎柄のシャツが目に入るので台なしだ。

「そうなの？」

「ああそうだ。俺は格好悪い男にはなりたくない。俺をそんな男にしないでくれ」

「よくわかんねえな。俺奥さんにちくったりしないよ？」

「嫁にバレなくても、俺は俺のしたことを知ってる」

厳かに宣言すると、加納は子どものような顔で笑った。こんな顔で笑う大人を、浅生は見たことがなかった。

「俺はさ、格好つけたいんだ。俺は俺が思う格好いい男でいたいんだ。俺はこそこそ不倫するのは格好悪いと思う。だからしない。バレるバレないの問題じゃない」

「……つまり、俺と遊ぶ気はないってこと？」

「そうだ」

「つまんない男」

「格好悪いくらいならつまらないほうがいい」

「こだわるんだな」

「そりゃこだわるさ。人生は一度しかないからな。このくらいの歳になると、その場の楽しみより何をしてきたかとか何を残せるかとか、そんなことのほうが重要になってくる」

十五年近く前の他愛ないやりとりを、妙に鮮明に覚えていた。

「いいなあ。俺も浅生さん撮りたい」

光輝はパネルを抱えたままうっとりと呟くと、浅生に子犬のような目を向ける。

「いいでしょ？　撮らせて」

「やだよ」

「スナップでいいからさ」

「おまえしつこいぞ」

「……じゃあこれください」

何が「じゃあ」だ。

「おまえにやるくらいなら叩き割ってゴミに出す」

「ひっど！　撮影した人かわいそう！」

「それ元の場所に戻しとけ。でないとマジで割るぞ」

「うー」

光輝はもう一度パネルに写された浅生に目をやると、惜しみながらもラックに戻した。

昔の自分の姿など、できれば残しておきたくない。加納の作品でなければとっくに捨てていただろう。十六から独立するまでの六年近く、加納の下で働いた。華やかな業界ではあるが下っ端アシスタントの仕事はキツかったし給料は安かった。だが辞めようとは思わなかった。簡単に手に入る享楽とは違う、生まれて初めての充実感を味わった。

「メシ食うんだろうが！　とっとと戻れ。でなきゃ帰れ」

光輝は渋々といった様子でリビングに戻る。

ごはんが並ぶともう酒ではなく食事がメインの普通の夕飯だ。二本目のビールを傾けながら、光輝の食べっぷりを眺める。光輝は一本飲んだだけでビールには手を出さない。ひたすら食べている。

「飲むとごはん入らなくなるから。本当は俺、酒はあまり好きじゃないんです。飲めるけど、さほど美味しいとは思わない」

「その割には飲みに行きたがるな」

「口実です」

光輝は悪びれずに言う。

「浅生さんお酒好きだったから、いつか会えたら一緒に飲みたいと思って勉強してました」

最初の晩と同じように、リビングのテーブルを挟んで向かい合っている。最初の晩よりリラックスして飲めるのは、やることをやってしまった開き直りだろうか。

浅生は最初の晩より遅いペースで飲み、光輝は一本しか飲んでいないのに陽気だった。仕事の話をしカメラの話をし、それから光輝が高校時代の三年間を過ごした山間の村の話になった。

「通学に山をひとつ越えなきゃならないんです。俺ひょろかったでしょ？　山道がつらくて

つらくて、帰りなんか真っ暗で怖くて、もう高校生だったのに毎日べそかきながら帰ってました」

今の光輝からは考えられないが、中学のころを知っている浅生には容易に想像がついた。

「陽が暮れるころにはどこの店も閉まって家の明かり以外は真っ暗で、山からは動物の声がするし窓を開けると虫がわんさか入ってくるし、とにかく戸惑いました」

祖父母はやさしくしてくれたのか。そう尋ねようとして思いとどまった。だが光輝は察したようで、穏やかに微笑む。

「一番陽当たりのいい部屋の畳にカーペット敷いて待っていてくれました。食事も、若い子はこういうのが好きだろうって、ばあちゃんグラタンとかロールキャベツとか作ってくれて。俺が来るからって、友達の家のお嫁さんに作り方習ったんですって。食べながら泣いちゃいましたよ」

光輝はふと思い出し笑いをした。

「けど天ぷらは、油で煮込んだみたいなので、飲み込むのに苦労したなあ」

口の中にその味が蘇ったように、光輝は唇を歪《ゆが》めた。

「その晩は胸焼けで眠れなくて、夜中に裏の川でこっそり吐きました」

浅生が笑うと、光輝もまた笑った。

「毎日カメラ持って山に入りました。父さんが俺くらいのころに使ってたカメラが残ってたんですよ。納戸を改造した暗室もあって、薬剤はさすがにもう使えなくなっていたからこづかい貯めて通販で取り寄せました。近所には歳の近い子どもはいなかったし、気を紛らわせるために夢中で撮って自分で現像して……そうこうしてるうちに村での生活が好きになりました。ちょうど体力もついて通学もそんなに苦じゃなくなってきていたし。村の中を歩き回って、骨董品みたいな看板とか、田んぼを撮ったりしているうちに村の人とも親しくなって、思いきって学校の写真部に入ったら友達もできて、大勢で集まってカメラの話ができるなんて夢みたいだった。楽しかったな」

高校を出ると、よく投稿していたカメラ雑誌でバイトをすることになって上京したという。

「バイトして機材揃《そろ》えてコンテストに片っ端から送って……審査料高いし、パネル代や送料もばかにならなくて、月末は二日でパンひとつとか。でもほんとに夢中でした」

なんか俺ずっとカメラばっかりみたい。だからガキっぽいのかなと、光輝は気恥ずかしそうに笑った。

バイトとコンテストに明け暮れているうちに、無性に別の景色を見たくなったと光輝は話を続けた。二年勤めた雑誌社を辞めて旅に出るとすぐに日本アルプスの山々に魅了され、信州を拠点に撮り歩く生活を始めた。

「いろんなところに行っていろんな人に会って、ちょっとつよくなれた気がします」

「ちょっとじゃないよ。ずいぶんつよくなった」

浅生の言葉に、光輝は複雑そうに顔を曇らせる。

「浅生さんのこと、探そうと思えば探せた。けど探せなかった。……怖かったんだ。大人になっても、俺は臆病《おくびょう》なままだ」

そんなことないだろ。そう言ってやっても、光輝は苦しいように目を伏せる。

「何度断ってもうちに来るし、隙あらば乗っかってくるし、充分図々《ずうずう》しい」

「……そうだね。そういやそうだ」

光輝の唇《くちびる》に笑みが戻る。

「浅生さんは、自分のスタジオ持ったりしないんですか」

無邪気に尋ねてくる光輝が微笑ましい。

「スタジオなんて……根無し草のほうが気楽だ。気が向いた仕事を受けて適当に遊んで、たぶんこれからも同じだろうな。この業界長いからコネもあるし、食うには困らない」

どう返せばいいのか困っているのが、手に取るようにわかる。本当に素直なヤツ。

(このくらいの歳になると、その場の楽しみより何をしてきたかとか何を残せるかとか、そんなことのほうが重要になってくる)

何をしてきたか……何を残せるか。

俺は何をしてきたのかな。ふらふらと漂って。

この先何を残せるんだろう。……そもそも、俺は何かを残したいと思っているんだろうか。

情熱の赴くまま駆け上がってきた光輝には、こんな生き方は想像できないだろう。

「俺にまとわりついてると怠け癖が移るぞ」

あははと笑っている光輝に、浅生は表情をあらためた。

「もうあのころのおまえじゃないんだ。今の自分にふさわしい相手を探せよ」

光輝の笑顔が消え、怪訝な表情になる。

「……今の俺？」

「そう。昔のことなんて、いつまでも引きずるなよ。振り返ってばかりだと転ぶぞ」

浅生の言葉を正確に理解しようとしているように、光輝はしばらく黙っていた。浅生が沈黙に息苦しさを覚え始めたころ、やっと光輝は口を開いた。

「この前が初対面だったとしても、俺はきっとあなたを好きになった。信じてくれる？」

「信じるわけないだろ」

「どうして」

「再会したその日のうちに盛ってきやがったくせに、何言ってんだ」

盛るって、犬じゃないんだから。抗議する声には力が無い。

「あれは……俺も反省してる。ちょっと唐突だったよね。あれがなければ俺のこと信じてくれた？」

「全然。ノンケの男が五つも年上の男に突然惚《ほ》れるわけないだろ。怪しすぎる」

「えー、怪しいって何？　それに五年なんて、たいした差じゃないよ」

あのときの意趣返しをする気なのかとも考えた。そのほうがいっそありがたい。だが……

光輝はそんなことはしない。そんな人間ではない。

「それに、浅生さんが好きなんだから、俺もきっとゲイなんだと思うよ」

光輝は自信なさげな声で呟く。

「俺以外の男とやったことあんのか」

「……ない」

「惚れたことは？」

「…………ない」

けど、と光輝は浅生を見つめる。

「会うたびに、俺はあなたを好きになっていくばかりだ」

真剣な目をして、誠実な声をして、光輝は俺を惑わす。

7

久しぶりに男をひっかけて気を紛らわせよう。そんな気になったのは、明日から二泊のロケに出るからだ。

光輝は個展の準備が佳境に入って、笠地蔵や待ち伏せがなくなり浅生はほっとしていた。ほっとしているはずなのに、会っているより会わないでいるほうが、光輝をつよく意識してしまう。ふとしたときにあのまっすぐな目を思い出して、いたたまれない気持ちになる。

誰でもいいからセックスしよう。そう心に決めていた。でないといつまでも光輝に抱かれているようで落ちつかない。きっと俺は欲求不満なんだ。何せ先月光輝とやったのが三年ぶりのセックスだ。欲求を解消すれば、もう……光輝のことを考えるだけで胸が苦しくなるようなことはなくなる。

先週何げなく買ったものの家で見ると派手過ぎる気がしてクロゼットに蔵ったままになっていたシャツにダークカラーのコートを合わせて夜の街へと繰り出した。男性客ばかりの薄暗い店の並ぶ一角に足を向ける。すっかり変わったような、まるきり変わっていないような街の景色。以前よく通っていた小さな店のドアを開ける。カウンターの他にはテーブルが二つあるきりの店のスツールに腰掛けると、バーテンが「久しぶり」と声をかけてくる。三週間ぶりくらいの口調だったが、実際には三年ぶりだ。浅生は曖昧《あいまい》な返事をしてギムレットをオーダーする。三年前ならバーテンがコースターを置く前に声をかけられ、グラスを乾《ほ》すとすぐに肩を抱かれて店を出るのがパターンだった。今夜は最初のギムレットをゆっくりと味わう時間がある。歳月というのは正直なものだ。カラになったグラスの底で氷が鳴る。

「次のグラスは奢らせて？」

いささか所在無いような心持ちになったところで声をかけられた。隣に立って浅生の顔を覗くようにカウンターに肘《ひじ》を乗せた男は、おそらく浅生より若い。光輝と同じくらいかもうすこし上か。温厚そうな顔立ちに中肉中背の身体つき。可もなく不可もなく。まあ、こんなところだろう。

「隣いい？」

「いいよ」

浅生は物憂げな微笑を浮かべて男を見た。ポーズというより、実際物憂い気分だった。男の目には純粋な欲望がきらめいている。昔ならそんなふうに見つめられるだけで欲情に目が潤み期待に身震いした。今の俺の目には何が浮かんでいるだろう。

「この店よく来るの」

「久しぶりかな」

「どうして。彼氏いたから？」

「いや、ただ……仕事が忙しくて」

「ふうん」

どんな仕事をしてるのとは訊かれない。それが暗黙のルールだ。名前、住まい、職業。ここではそんな背景には誰も興味を示さない。目の前にいる相手が自分の性的な好奇心を刺激するか、相手が自分に同じ欲望を感じるか、ただそれだけだ。

グラスに添えた手に、男が掌を重ねる。そして驚いた顔をした。

「冷たいね。飲んでるのにさ」

（なんだよ、指先真っ赤じゃん）

冷たい手をしているのは俺じゃない。

「そう？」

男の指がなめらかに動いて、浅生の指を搦《から》め捕《と》る。

「服の中もこんなに冷たいの」

「……確かめてみる？」

これで交渉成立だ。

この手軽さが浅生には心地よい。

あの晩の光輝の顔が脳裏に浮かぶ。

真剣な、まるで泣くのをこらえているような顔で求められて、浅生の自制は呆気なく吹き飛んだ。自制心の持ち合わせなど、もともとないも同然なのだ。だから抱かれた。それだけだ。

「このあたり詳しい？」

連れ立って歩く男の問いに首を振る。以前は庭のようなものだったが、なにせ三年もご無沙汰している。任せたほうがいいと判断した。

「あそこでいいかな」

男の視線を追うと、見覚えのある看板が目に入る。客寄せの看板は派手だが内装は落ちついていて、浅生もよく使っていたホテルだ。

いいよ。男に目を向けながら返事をする……したつもりだったが、実際は浅生の口からは何の声も発せられず、ただ口を開いたまま男を見つめた。

「他のところにしようか」

男が困惑気味に尋ねてくる。だが浅生はただ呆然と立ち尽くしていた。

「どうしたの？」

「……ごめん。俺、やっぱり……今日は」

帰る、と続けたが震えるような吐息に紛れてしまい浅生自身の耳にすら届かなかった。

男はしばらく唖然《あぜん》とした様子だったが、やがて苦笑してわかったと言った。あっさりと引いたのは、ここで揉めるのは時間の無駄だと考えたからだろう。

「俺あの店よく行くからさ、気分が乗ってるときはまず俺に声かけて」

「わかった」

「じゃあ」

このくらいはいいだろ？　と目で合図すると男は顔を寄せてきた。浅生は目を伏せ男の唇を受け入れる。

男が去り、夜道に独り、浅生は永いこと立ち尽くしていた。

名前も知らない男の唇の感触がいつまでも消えない。もしあの男がもっと強引で、浅生が渋ろうがホテルに連れ込んでいたら……そうなったら、俺は光輝に抱かれたようにあの男に抱かれることができたんだろうか。あんなふうに——

(俺を恋人にしてくれる?)

見上げると、寝ぼけたような色合いの夜空に星はない。

星が見たい。

無性にそう思った。

「何やってんだかな……」

仕事はなんとかモノになったけど、私生活はてんでダメだ。その場その場をやり過ごし流されて生きるうちにこの歳になった。芯の定まらないままふらふらとただ生きて、俺の中には、輝くものが何もない。

上を見ているのに疲れてうつむいたタイミングで電話がかかってきた。着信表示は鮎川光輝。用件はわかっている。今から行ってもいいですか。一緒に飲みませんか。どうせ断るのだから、このままコールを無視したって同じだ。

それでも通話ボタンを押したのは、星のない空の下で、明るく輝くものにふれたかったたからだ。

「今、外ですか」

浅生の声に電車の通過音が重なったのに気づいたようだ。聡いヤツ。

「ああ」

「……飲んでる？」

探るように尋ねてくる。

「すこしだけ」

「迎えに行こうか」

「もうマンションの前だよ」

耳にふれる光輝の声が心地よい。浅生は路地に入ると壁を背にしてしゃがみこんだ。まるで永い放課後を持て余している中学生のように。

「おまえは、何してた？」

用がないなら切るぞ。そう言われるのを覚悟していたのだろう、突然問われて光輝が驚いているのが伝わってくる。

「俺は、今日撮った写真レタッチし終わって、浅生さんの声聞きたくなった」

「写真て仕事？」

「同じテーマで撮り溜《た》めてるんだ。いずれ持ち込みしようかって思ってる」

「おまえなら声かけてくれるとこあるだろ」

「だったらいいんだけどね。今度の個展しだいかな」

他愛ない話に、最低だった気分が和らいでいく。まだまだガキっぽいくせに光輝の声は深く朗々としている。身体の奥に染み渡り、聞くほどにもっと聞きたいと思う声だ。携帯を耳に当てて目を閉じているだけで、陽のぬくもりを感じられる。

「浅生さん……俺行ってもいい？」

いつものおねだりではなく、浅生を気遣っている声音だった。

「なんで？」

「なんかヘンなんだもん。嫌なことでもあった？」

嫌なことなんて何もない。あったかもしれないが、こうしておまえの声を聞いていたらどうでもよくなった。

「一杯飲んできたし、いい気分だよ」

「そう？　それなら、いいんだけど。……いい風が吹いてるね」

ベランダに出たらしい。

「けど心配だからあんまり夜遊びしないでね」

冗談めかして言う声を鼻であしらう。

「でもほんと、気持ちのいい夜だね。俺も散歩してこようかな」

「けど今夜は星が見えない」

「満月だからね」

路地から顔を出しのっぺりとした空を見渡したが、月を見つけることはできなかった。ホテル街の先にある背の高いビルの輪郭がほのかに明るく、月はあの向こうにあるらしい。

「きれいな空だね」

「星もないのに」

「星がなくてもきれいだよ。それにね、ないんじゃなくて見えないだけだよ」

「どう違う」

「全然違うよ。だって、ただ見えないだけで本当はあるんだよ」

けど見えないのなら、ないのと同じだ。

浅生の心の中を見透かすように、光輝が言う。

「今は見えなくても、ちゃんとあるんだよ。ちゃんと輝いてるんだ」

「……ポジティブシンキングだな」

8

加納が撮影する予定だった女優がインフルエンザでダウンして撮影が延期になったと連絡が入ったのは、その年の冬最大の寒波が到来したと天気予報が繰り返していた日だった。浅生はスタジオアシスタントだけでなくカメラマンとしての仕事も徐々に軌道に乗りかけていたが、その日は移動のある一日がかりのロケになるはずだったので他の予定は入れていなかった。

暇に任せて午後遅くにいつもの店に顔を出したが客はおらず、「こんな日にバカねえ」とマスターに呆れられた。この店は昼から夕方までは軽食を出すカフェで、夜には雰囲気のいいバーになる。マスターの人柄か客層がいいので、浅生はここで知り合った男とベッドを共にすることが多い。男が目当ての日は夜の遅い時間に、マスターや顔馴染みの常連客との会話や酒を楽しみたいときは、まだカフェをやっている時間から訪れることにしていた。

日暮れを待たずに雪が降ってきて、確かにバカだと納得した。

「もう、さっさと帰んなさい」

彼氏が迎えに来るというマスターに店を追い出されて駅に向かうと、駅員が拡声器で「雪と強風につき徐行運転中」と叫んでいた。駅前は帰宅の足を止められた会社員や学生でごった返しており、タクシー乗り場の列はみるみる伸びていく。ロータリーには迎えの車が鈴なりだ。戻ってラブホにでも泊まるか。どうせならベッドをあたためる相手も見繕いたいところだが、この天気に見つかるかどうか。バカねえというマスターの声を思い出し、うるせえと呟く。駅に背を向けて歩きだしたところで、短いクラクションに呼び止められた。振り向くと油に浸したカエルのような色の車から、嫌なヤツが顔を出している。

「また車買ったのか」

「こんな日にまで男漁《おとこあさ》りか」

「そう言うてめえはこんなところで何してんだよ」

男──菰田《こもだ》は浅生の問いには答えない。菰田は同類で、冷たい美貌だけを見れば浅生の好みのタイプであったが、遊ぶ界隈が違っているのでこれまでは顔を合わせることはすくなかった。このところよく会うのは、菰田が浅生の行きつけの店まで足を伸ばすようになったからだ。

「帰るんだろ？　送ってやるよ。なんなら身体のめんどうも見てやろう」

尊大なセリフが滑稽に聞こえないのは容貌のせいか、それとも洗練された所作にごまかされているだけか。

「おまえとやるくらいならローターでも突っ込んどくほうがマシだ」

「ローターなら今持ってるから、使いたければ貸そう。見物させてもらうよ」

「なんでそんなもん持ち歩いてんだ」

「野暮なことは訊くな」

普段なら菰田の車に乗るような愚は犯さないが、今日の浅生の行動はすべてが愚かだった。ひとつ増えたところでたいしたことはない気がする。何よりこの寒さの中をホテル街まで戻るのはキツイ。浅生は内側がボアのブーツを履いていたが、寒さで足指の感覚が無くなっている。雪で湿ったジーンズが脚に張り付き肌を凍らせていた。

菰田は嫌な笑い方をすると助手席のドアを開け、浅生は室に入れる気はねえからなと言いながら乗り込んだ。

「俺はカーセックスでも構わないが」

菰田はなめらかに車を操作してロータリーから車道へ出た。ハンドルを片手で操作しながら、もう片方の手で浅生の髪を玩《もてあそ》び首筋をくすぐる。

「こんな天気にわざわざ出てくるほど男が欲しいんだろ」

たしかに男は欲しかったがこんな天気に出てきたのは俺が間抜けだからだ。そう言い返すのも腹立たしいので、黙って菰田の手を払いのける。

いけ好かない男だ。浅生はいつだって菰田に対して嫌悪感を露《あらわ》にしていたが、菰田はそれを楽しむように何かにつけ浅生に絡んでくる。菰田には加虐趣味があってつきあうと文字通り「痛い目に遭う」と噂されていたが、少数派ではあってもさほどめずらしい性癖ではない。ソフトなものであれば浅生も経験がある。ちょっとしたスリルは興奮をかきたてる。だがこの男の前で目隠しをしたり手足を縛られることを考えるだけで身体が芯から震え肌が粟立《あわだ》った。それは本能的な恐怖だった。きっと刺激ていどのことでは済まなくなる。浅生に向ける菰田の目は、浅生の想像を確約するかのような純粋な狂気がきらめいていた。

夜の街にはいろいろな男がやってくる。浅生のようにその場限りの遊び相手を探す者もいれば、人生の伴侶たる人との出会いを真剣に望んでいる者もいた。菰田が探しているのはそのどちらでもない気がする。加虐趣味ですら、きっと菰田を満たすことはできない。

造作だけ見ればかなりのいい男だ。一見社交的だし、身のこなしもスマートだ。下品でないていどに気前もいい。好んで取り巻きになる者もいたが、菰田は誰も、菰田が決めた一線の内に他人が立ち入ることを許さなかった。

菰田の祖父は大きな会社をいくつか持っていて、父親も菰田も肩書は社長だ。生前贈与の不動産収入もあるという。この油カエルも左ハンドルだった。何不自由ない生活だろうが、物質では埋められないものがあることは浅生も知っている。

菰田は浅生と同じ深海に棲む男だ。幼い浅生が無意識に憧れた、異形の生き物。暗闇と極寒、そして水圧に耐えるために菰田は形を変えた。整った容姿や洗練《せんれん》された立ち居振る舞いの奥に、浅生は異形の姿を見た。鋭く尖った牙《きば》を持つ生き物に不用意に手を伸ばすほどの無謀さはないが、つい目を向けてしまうのは断崖絶壁を覗きこみたくなるのと同じ心理だろう。

マンションに続く道に入ったところにあるコンビニの前で、強引に車を停めさせた。極小ビーズクッションの中身を撒《ま》いたような雪は風に巻かれて上に下にと躍《おど》りながら、すでに道路の端に積もりはじめている。

「ここでいい」

「コンビニに住んでいるのか」

菰田がにやつきながら訊いてくる。

「そんなに用心しなくても、おまえの家くらいとっくに知ってる。そこの小豆色《あずきいろ》のマンションだろ。野良犬だと思っていたら、けっこういいところに住んでいるじゃないか。カメラマンて儲かるのか？　それともパパにでもおねだりしたのか。おねだりは得意なんだろ」

菰田は常に周囲と一定の距離を置いており、そのラインを踏み越えようとしない限りは紳士的に振る舞っている。だが浅生に対してだけはいつも挑発するような物言いをした。怒らせて自分のペースに巻き込もうという魂胆なのはわかるが、それでも苛々《いらいら》してしまう。

「この天気に送ってやったんだ、感謝の気持ちくらい示してもバチは当たらないはずだ」

菰田は上品な作りの顔ににやにや笑いを浮かべたまま、軽い口調で続ける。

「ここでいいからしゃぶれよ」

浅生の苛立ちが明確な怒りに変わると、冗談ではなかったくせに、菰田はおどけたような表情を作った。目が悦びにきらめいている。

「すぐ熱くなるんだな」

その声には、なんともいえない淫靡《いんび》な響きがある。

菰田は細身で腕っぷしもたいしたことはなさそうだが、浅生も似たようなものだ。菰田は怪しい薬や物騒な小道具を常に携帯していて、そんなものを使われるのはごめんだ。浅生はさっと車外に出ると、コンビニに飛び込んだ。缶コーヒーを買って外に戻る。窓の前で缶を振ると、菰田は渋々窓をすこし開ける。浅生はその隙間から缶を落として、窓越しに愛想よく微笑んだ。

「今日はありがと。あんたもそろそろ帰ったほうがいいよ。この分じゃ積もる」

「そのようだな」

菰田はあっさりと言うと、車を発進させた。ほっとして、背中に薄く汗をかいているのに気づいた。自宅に向かわずもう一度コンビニに入る。ドア前まで後をつけてきて押し入ってくるようなことはないだろうが、一応の用心だ。

冷える入り口付近から離れて、一番奥まった弁当コーナーをぶらつく。この天気で配送が遅れているのか棚は閑散としていた。カップ麺かおでんでも買うかと品定めしていたら、思い出した。初めて撮ったグラビア写真の掲載号が発売されているはずだ。店内をぐるりと回って入り口付近の雑誌コーナーに戻る。浅生が夜を過ごす界隈では、ニーズに則してコンビニにもゲイ向けの雑誌が並んでいるが、ここにはそんなものはない。どの表紙も、豊かな胸や細い腰からむっちりした尻へのラインを強調するようなポーズを取った水着や下着の女の子ばかりだ。加納の知り合いだというタレント事務所のプロデューサーから「撮ってみないか」と持ちかけられ二つ返事で引き受けた。加納経由であってもこんなふうに正面から指名されるのは初めてのことで、ずいぶんはりきって撮影に臨んだ。

雑誌名なんだっけなと思いながらとりどりに並ぶ表紙をひとつひとつ目で追う。浅生の写真はもちろん表紙などではない。撮影した女の子たちもまだ素人《しろうと》に毛の生えたていどの新人で、プロデューサーは今回の仕事で彼女たちと浅生の両方をテストしたのだろう。

ふと顔を上げると、店の前の道を光輝が歩いていた。制服の上に学校指定らしい重たいだけで防寒にはあまり役立ちそうにない黒のコートを着て、首にはマフラーをぐるぐる巻きにしているが、手袋はしていない。血の気を失った白い手の、指先だけが痛々しく赤い。浅生は手ぶらでレジに向かうと、肉まんを二つ買って店を出た。

「よう」

うつむいて歩いていた光輝が弾《はじ》かれたように顔を上げ、寒さに強ばっていた頬に笑みが浮かぶ。

「浅生さん」

「寒いな」

「ええ。お仕事の帰りですか」

「まあな」

ぽつぽつと話しながら並んで歩く。浅生の手にしたコンビニのレジ袋が、歩くのと同じリズムでカサカサと鳴る。寒いな、の後にすぐに渡せばよかった。肉まん買ったから食えよ。それだけのセリフがなかなか言い出せない。そろそろマンションに着いてしまう。光輝は喜ぶだろう。喜ぶ顔を見たいと思う。だが、浅生の厚意を無邪気に喜ぶ光輝が、それをうれしいと思ってしまう自分が煩わしい。

「忘れてた！　俺、これから……そうだ！　飲みにいく約束してるんだ。忘れて肉まん買っちまった」

突然大声を上げた浅生に、光輝は目を丸くする。

「これから……出掛けるんですか？」

風も雪も刻々と勢いを増し、粉雪が空で渦を巻いている。

「出掛けるんだよ！　だから肉まんが邪魔だ」

「ポストに入れておきましょうか」

「冷めちまうだろ」

「ラップで包んでレンジであたためると美味しいですよ」

「そんな辛気臭いことやってられるか。とにかくいらないからやる！」

「……でも」

なんだ……俺こんなに嘘ヘタだったか？　調子のいいデタラメなんて、いつだって簡単に口をついて出てきたのに。こんなガキに不審顔されるような話しか出てこない上に逆ギレして……。

「とにかく……俺はいらないから、やる」

「……ありがとうございます」

やっと受け取らせることができた。しかし出掛けるなどと言ってしまってどうしたものか。この雪の中、これ以上外にいるのはごめんんだ。熱い風呂に入って熱燗《あつかん》で一杯やりたい。

「二つありますね」

「……腹減ってたから」

「なんだよ、俺を袖にしておいて中坊としけこむ気か」

菰田の声だった。気がつけば、マンション前の路肩に油カエルが停まっており、菰田はドアに持たれかかる格好で立っていた。光輝に肉まんを渡すことばかり考えていて、菰田のことをすっかり忘れていた。用心はしたもののまさか本当に後をつけて――いや、先回りしたのか――ともかく、友好的な関係ではないにしても顔見知りである浅生にそこまでするとは思っていなかった。

「仕込まれるより仕込むほうがお好みだとは意外だったたな。それにしても……中学生はマズイんじゃないか？」

「こいつはそんなんじゃねえよ」

「俺も混ぜてくれよ。仕込むのは得意だ」

「違うって言ってんだろ！」

まだほんの子どもの光輝にも、菰田の持つ禍々《まがまが》しさがわかるのだろう。怯えた目を向けられて菰田は満足げだった。

「何をムキになってるんだ」

浅生の反応と……何より光輝の表情を見て、菰田は何かを察したようだった。値踏みするような無遠慮な視線で光輝を舐め回す。光輝が身震いしたのは寒さのせいばかりではないだろう。楽しくてたまらないといったような笑みを浮かべて、菰田はずいと光輝に迫る。

「坊や、俺とこのお兄さんが気持ちいいことしてあげようか。知ってる？　このお兄さん、男をいい気持ちにさせるのが巧いんだよ」

「黙れ！」

菰田はただまっすぐ光輝の目を見つめていた。

「なんだったら二人でこのお兄さんをかわいがってあげようか。……そうか、坊やはそっちのほうが興味あるみたいだな」

光輝はこの寒さの中でもはっきりとわかるほど蒼白になり、菰田は将来有望だと笑った。

「それ以上くだらねえこと言いやがったら殴《なぐ》るぞ」

「血の気が多いな。激しいのはベッドの中だけにしておけ」

菰田は涼しい顔をしている。浅生は確かにケンカは弱い。しかし一度怒りに火がつくと敵わない相手にも猛然と突っ込んでいく。さすがにここ数年……正確には加納のスタジオで働くようになってから、ケンカ騒ぎは起こしていない。

もう一秒も菰田の目に光輝を晒《さら》していたくない。だがマンションはすぐ目の前で、ここで光輝を帰せば自宅を知られてしまう。

「目を見ればわかるんだ」

菰田は歪んだ悦びに目を潤ませている。なまじシャープな二枚目なものだから、ひどく嫌な感じがする。

「このガキはおまえとやりたいってよ。やらせてやればいいじゃないか。今さら出し惜しみするほど大切にしてきた身体じゃないだろ」

本当に殴ってやろうか。その隙に光輝を走らせればいい。他に手はない気がする。思案の隙をついて、菰田の手がするりと浅生の腰に回された。躱す間もなく唇を塞がれる。そばで光輝が息を飲んだのが気配でわかった。すぐに押しのけたが、菰田は案外力がある……いや、抵抗する相手をねじ伏せることに慣れているだけか。素早く浅生の手を払うともう一度唇を重ねた。今度は自分からすぐに離れた。光輝に見られたことに驚くほど動揺していた。浅生が男に欲情する男だと知ったら、光輝は自分もそんな目で見られていたのかと考えるだろうか。着替えを差し入れたことも、カメラの話も、浅生の部屋で過ごした時間も……これまでのことすべてが、汚い大人の欲望から発生したことだと思うだろうか。

浅生は斜め後ろにいる光輝を振り返ることができなかった。

その耳元に、菰田がささやきかける。

「どうする？　三人で楽しむか、それとも二人か。俺はどちらでもいいんだが」

当然どちらもお断りだ。そう言って菰田を蹴散らして光輝を連れて逃げる。今度こそちゃんと菰田の影がないか確認してから光輝を家に帰し、それから浅生も自宅に戻る。後は風呂と熱燗だ。それが最善だとわかっているのに、浅生は返事ができない。顔を上げることもできない。光輝は今、どんな目で俺を見ているだろう。

「このままここに突っ立っていたら、雪像が三つ出来上がりそうだ」

菰田がからかうような口調で言い、浅生の肩を抱き寄せた。浅生は振り払わなかった。取り引きは成立した。押される形で一歩踏み出した浅生の背に、光輝が叫ぶ。

「行かないで！」

雪を巻く風音に抗うような声だった。菰田に抱かれていた浅生の肩がびくりと震える。

「浅生さん──」

うるさい、帰れ。即座にそう返したかった。なのにまるで光輝の声に心臓を摑まれたように、声が出ない。息の仕方まで思い出せない。

「悪役扱いは心外だな」

菰田は浅生を残し、光輝に向かって踏み出す。

「心配なら君も来ればいい」

「――おい！」

浅生が肩を摑んでも、菰田は光輝から視線を外さない。

「君が決めることだ」

雪風に晒された光輝の身体がかすかに揺れる。

「来るな！」

光輝の足が動く前に、浅生は声を上げた。

「おまえみたいなガキがのこのこついて来て、どうするつもりだ。邪魔なんだよ！　帰れ！」

浅生は菰田の腕に腕を絡めてぐいと引き寄せ顔を突き合わせる。

「おまえは俺と遊びたいんだろ。こんなガキとニコイチにされるなんて俺はごめんだぜ」

「二兎を追う者は一兎も得ずか」

「そういうことだ。それに、中学生はマズイって言ったのはおまえだろ」

「そういうことにしておいてやろう。今日はな。これ以上ここにいたら本当に雪像になりそうだ」

はやくあたたまりたいものだ。菰田がささやく。浅生の目を覗き込みながら言ったのに、それが浅生にではなく光輝に聞かせるための言葉だとわかった。

「浅生さん……」

「帰れよ」

光輝を見ずに言う。

「俺……」

「からかっただけだ！　おまえみたいなガキ相手にするわけないだろ。十年はやいんだよ。とっとと帰れ！」

浅生には、光輝が何を言おうとしているかわかった。かつて自分も口にした言葉だ。だから言わせたくなかった。

浅生が光輝と同じくらいの歳のころ、光輝と同じくらい孤独で人恋しかった。孤独を、質量を伴った物体としてはっきりと感じていた。冷たい石。孤独は冷たくて重い石で、胸の中にたしかに存在していた。磨き込まれて流水のように光るその石は、投げ捨てようとしても指が滑って摑むことができない。

（十年はやいんだよ）

そして俺の周りには、そう言ってくれる大人はいなかった。

加納に出会うまでは。

顔を上げ、しっかりと光輝と視線を合わせる。思っていたより簡単に微笑むことができた。

「帰れよ。肉まんもう冷めてるだろうから、レンジであたためて食え」

光輝の唇が震える。

「さっき言ったろ、用があるって。こいつと約束してたんだ。今のは全部冗談。おまえのことからかったんだよ。こいつ性格最悪だから」

「ひどい言われようだな」

「浅生さん……」

「帰れ。すぐ風呂入れよ」

あれほど激しかった風がいつの間にか止《や》んでいる。浅生は空を見上げた。暗い空から音もなく粉雪が降ってくる。次から次へとまっすぐに。いつかどこかで見た景色だ。ああ……と、浅生はため息をつく。マリンスノーだ。深海に降る雪。いつからだろう。人並みに暮らして……陽の射す場所にいるような気になっていた。けれどとんだ思い違いだった。あのころと何も変わらない。ここは常闇の世界。光なんてどこにもない。俺は光を発する魚にはなれなかった。浅生は寒さにかじかんだ自分の掌を見つめ、冷淡な横顔に嗜虐の笑みを浮かべた菰田を見、それから光輝の青ざめた顔を見る。菰田に視線を戻すと、その腕に腕を絡め、肩に頭をもたせかける。

「はやく行こう」

自分の声がどこか遠くから聞こえる。

菰田の手が浅生の腰を抱く。

光輝の視線を感じて、浅生は目を伏せる。

これが正しい判断だ。

ここは浅生や菰田のような人間が暮らす世界だ。光輝は違う。光輝は太陽に照らされて生きる。太陽が沈んだ夜も、光輝の頭上には星が輝く。

菰田は助手席のドアを開けると、浅生は躊躇《ちゅうちょ》せずに乗り込んだ。ドアを閉めると、菰田は呆然と立ち尽くしている光輝に目をやる。

「じゃあね、坊や。……またね」

9

物産展で購入したという味噌《みそ》カツ弁当と地ビールを持ってやってきた光輝《こうき》は、眉間《みけん》に深い皺《しわ》を刻んでいた。

「明日は久坂《くさか》さんちで鍋なんですって？」

「なんで知ってんだよ」

「久坂さんに聞きました。泊まるんですってね」

「ああ、まあ。食って飲んで、帰るのめんどうだし」

どうしてこいつに言い訳しなきゃならんのだ。

「俺も行きます」

「はあ？」

「久坂さんに許可はいただきました。手土産に肉と酒持っていきますから」

家主が承諾した以上浅生《あそう》がとやかく言ってもしかたない。浅生は異を唱えるのはあきらめて、地ビールの栓を抜いた。

そんなわけで、翌日の夜光輝と連れ立って久坂と夏希《なつき》の住むマンションを訪ねた。

「いらっしゃい」

出迎えてくれた久坂は仕事用のシルバーメタルではなくアクリルフレームの眼鏡《めがね》をしていた。インド綿のシャツにジーンズという格好で、料理の支度を手伝っていたのだろう、肘《ひじ》のあたりまで袖をまくっていた。こういう家庭的な雰囲気もいいなと目尻《めじり》が下がる。

「悪いね、コブ付きで」

「何言ってるんですか、歓迎しますよ。夏希なんてどんな男だってすごく楽しみにしてたんですから」

「なっちゃんてそんなヤジ馬趣味だっけ？」

呆《あき》れぎみに言う浅生に、久坂は笑みを返す。

「浅生さんのことだからですよ。ようこそ、鮎川《あゆかわ》くん。お酒いけるクチなんだよね？」

「浅生さんほどじゃありませんが。おじゃまします」

すでに鍋の用意が整った食卓に案内される。夏希は酔うと椅子から転がり落ちる癖があるので、この家の食卓は座卓に座布団だ。

「来たのか」

ビーズのれんをかき分け鴨居《かもい》にぶつけないように頭を下げて現れた夏希を見て光輝がぎょっとしたのがわかった。浅生が「なっちゃん」などと呼んでいるからおネェ系でも想像していたのだろう。夏希厳吾《げんご》は野武士のような厳しい顔立ちに格闘家を思わせる屈強な身体《からだ》つきの大男だ。

「マコが男連れてくるなんて、明日は雪だな」

隣の光輝が「マコ……」と呟《つぶや》いたが無視した。

鍋の熱気と温燗《ぬるかん》が室温と体温を上げると、光輝は夏希にもすぐに馴染《なじ》んで二人の馴《な》れ初《そ》めや同棲生活について知りたがった。何を思ってそんなことを訊《き》きたがるのか予想はついたので、浅生は会話には加わらずにひたすら酒を飲み鍋から食べ頃の魚貝を救出することに専念した。

久坂と夏希の出会いのきっかけが浅生だと知ると、光輝は大袈裟《おおげさ》なほど驚いた。

「浅生さん恋のキューピッドじゃないですか」

「何がキューピッドだ。久坂さんは俺が狙《ねら》ってたんだ。それをこのむっつりなっちゃんが横から攫《さら》っていきやがって」

「だからこうやって月に一度はメシを食わせて供養してやってるだろう」

締めの雑炊の支度をしながら夏希が言う。ゴツい身体をしているくせに細かいことが得意でマメな男だ。

「海鮮鍋ていどじゃ俺の心の傷は成仏できんよ」

定番の軽口なのだと、光輝はすぐに気づいたようだった。調子を合わせて乗ってくる。

「だったら俺は夏希さんに感謝だな。夏希さんと久坂さんがつきあったおかげで、浅生さんは今フリーなんだし」

「今っつか、俺はずっとフリー。彼氏とか作んない主義なの。恋は一晩で充分」

だから今でも久坂さん狙ってるよと続けようとしたら、光輝は素《す》っ頓狂《とんきょう》な声を上げた。

「え――じゃあ俺浅生さんの初カレ？」

「いつおまえが俺のカレになったんだ」

興味深そうに二人のやりとりを見ていた久坂が笑い出す。

「息ぴったりじゃないですか」

隣で夏希も静かに首肯《うなず》いている。どうやら分が悪いようなので浅生は黙って箸を動かし、日付が変わる前に帰ることにした。

「泊まるんじゃなかったんですか」

月明かりと街灯で、ひと気《け》のない夜道は白々と明るい。

「俺が泊まったらおまえも泊まる気だったんだろ」

「久坂さんと夏希さんの許可はいただきました」

「そりゃあ、あの状況で嫌とは言えんだろ」

「……俺がいたから止《よ》したんですか」

光輝は強引なくせに妙なところで繊細だ。

「いや、帰りたい気分だったんだ」

浅生が言っても、光輝は黙ったままだった。気にするくらいならついて来なければいいのに。

「いいから、おまえも帰れ。なんでついて来んだよ」

「送るくらいいいでしょ。マンションの前まで」

「意味わかんねえよ」

「意味って……夜道は物騒だし」

ひったくりとか痴漢とか。ぶつぶつ言いながらついてくる。

夜道を並んで歩いていると、ふいにあの晩の見知らぬ男とのキスの感触が唇によみがえる。

いや……よみがえったのは光輝のキスか。

嫌だ。

(このガキはおまえとやりたいってよ)

光輝をそんな対象にはしたくない。

そこまで落ちぶれたくない。

「おまえんちこのあたりなんだろ」

もう帰れと足を止める。

「なんでこんなとこに借りたんだ？　もっと便利なところにいくらもあっただろ」

「……引かないでくださいね。ほんとはAミュージアムの近くのマンスリーに入ることになってたんですけど、浅生さんに編集部で会ったでしょ。あの後、浅生さんちがこのあたりだって聞き出して、ワガママ言ってここに変えてもらったんです」

「引いたよ。ドン引きだ！」

気弱な笑顔でこちらをうかがう光輝を置いて歩きだすと、光輝が追ってくる。

「あの……ちょっと寄って行きませんか」

はにかみながら言う光輝に、浅生は怪訝《けげん》な顔を向ける。

「寄ってどうすんだよ」

「お茶でも……酔い醒《ざ》ましに」

後は室《へや》に戻って眠るだけだ。徒歩だし自宅まで十五分も歩けば着く。酔ったままでも何の不都合もない。

「んと、じゃあ、泊まってって？」

「なんですぐそこに自分ちがあるのにおまえんちに泊まるんだよ」

「もう、意地悪言わないでよ」

口実はもうネタ切れらしい。

「……あの」

今度はなんだと睨《にら》みつけると、光輝はおずおずと口を開く。

「真琴《まこと》さんて呼んで——」

「呼ぶな」

「訊き終わる前に断りましたね」

「俺この名前嫌いなんだ。だから呼ぶな」

「思春期の少年みたいなこと言いますね」

「うるせえよ。思春期だろうが三十過ぎてようが嫌いなものは嫌いなんだ」

「きれいな名前なのに」

「だから嫌なんだよ。全然似合ってねえし」

「似合ってますよ」

妙な情感を込めて言うと、光輝は浅生の前に歩み出た。

「真琴さん」

「呼ぶなっつってるだろ」

「マコならいいんですか」

「殴《なぐ》るぞ」

「夏希さんはいいのになんで俺はダメなんです」

やけに食い下がる。

「あいつには借りがある」

「借りですか」

「ケンカで怪我《けが》したときに、あいつに縫ってもらった」

「縫ったって……破れた服とかじゃないですよね」

光輝の手が伸びてきて、浅生の前髪をかき上げた。浅生の左のこめかみには三センチほどの傷がある。

「もしかして、この傷ですか」

「……ああ」

そういやこいつは知ってるんだった。

「あいつ医学部出てるんだ」

「え、じゃあお医者さん？　あれ、でも仕事……」

「バーテンだよ。さっき言ってただろ」

「言ってましたね」

あの雪の日から数日後、バーで菰田相手に大立ち回りをした浅生は夏希の室に転がり込んだ。こめかみの傷からは血が止まらず、それでも病院には行かないとゴネる浅生に折れて、夏希は父親の経営する病院から失敬してきた針と糸で縫合してくれた。

翌朝、浅生は血だらけのベッドで目を覚ました。隣で突っ伏して眠っている夏希を足で揺すって起こす。ボサボサ髪に目の下に濃いクマを作った夏希は、浅生が「とりあえずやる？」と訊くと怪訝……を通り越して渋面になった。同じ性指向ではあるものの、これまでそういった関係を持ったことはなかった。浅生が夏希を誘ったのはこれが初めてだった。

「迷惑かけたしサービスするぜ」

「おまえのサービスは後が怖い」

夏希はベッドに散らばった包帯の切れ端やアルコール綿を拾い集めると、最後に浅生を乗せたままシーツを剝《は》いだ。胡座《あぐら》をかいていた浅生はごろりと後ろに転がる。

「危ねぇな」

「これから死ぬまで、おまえのことはマコと呼ぶことにする」

「…………なんで？」

そんなやりとりがあってから、夏希は本当に浅生をマコと呼ぶようになった。浅生も仕返しになっちゃんと呼んでやったが、夏希はびくともしない。夏希は律義《りちぎ》にマコと呼び続けているが浅生のほうはちょくちょく忘れて普通に夏希と呼んでしまうので、あまり効果がないのかもしれない。

「久坂くんて、マコのタイプだよな」

夏希がいつにも増して深刻な顔をしてそんなことを言い出したのは、六年ほど前のことだ。仕事で久坂と何度か組んでいるうちにゲイだと知って、時々一緒に飲みに行くようになった。浅生は隙《すき》あらば口説くつもりだったが、物腰は柔らかいくせに久坂のガードは堅かった。夏希の働いている店にも何度か行って、仕事が終わった夏希と三人で飲み直したりもしていた。

「ああ。けど知ってるだろ。あの手の男は俺には目もくれない」

「けど……マコは彼に気があるんだろ？」

「気があるっつーか、まあ」

まどろっこしい男だなと、浅生は思う。恋愛に仁義など必要ない。ついでに倫理も必要ないと思っているが、それをこの生真面目《きまじめ》な男の前で言うとややこしいことになりそうなので口には出さない。

「知ってるだろ？　俺の気があるはおまえの気があるとは全然違う。俺はただ気持ちいいことしたいだけなの。だから久坂さんがダメでも他を当たれば済む話。けどさあ、おまえはそうじゃないんだろ。久坂さんじゃなきゃ嫌なんだろ？　だったら俺に遠慮なんてするなよ」

「マコ……」

「めずらしくいいこと言ってるときくらい、マコって呼ぶのやめてくれ」

懐かしい出来事を思い出して、知らず知らずに浅生の口元は綻《ほころ》んだ。夏希が伴侶と呼べる相手に出会い穏やかに暮らしていることが、我が事のようにうれしい。

再会するなら光輝の恋人でも紹介してほしかった。そうすれば、浅生はただ光輝の現在のしあわせを喜ぶだけで済んだ。この再会はもっと意味のあるものになっただろうに。

(あなたを抱きに来たんだ)

あんな言葉は聞きたくなかった。

光輝に目を向ける。光輝がじっと浅生を見ているのには気づいていた。目が合ったのがきっかけのように、思いきったように光輝が口を開く。

「妬《や》けるけど、でも、夏希さんみたいな人が浅生さんのそばにいてよかった。俺ずっと心配してたんだ」

「心配？　ガキに心配されてたのか俺は」

そうだよと笑って、光輝は口調を変えた。

「あのときの男……ああいうヤツと一緒にいて、それで自分も同じなんだって浅生さんが思い込んだままだったらって、心配だった」

（俺みたいな大人になってもいいのか——）

「たいして変わりゃしない」

「違うよ。浅生さんは違う」

妙にしんみりした空気になった。湿っぽいのは苦手だ。だが、写真家として大事な時期に浅生のような男を相手に浮ついている光輝に釘を刺すにはいい機会かもしれない。

「おまえはさ、ああいうのがいいんだろ？　ああいう……夏希と久坂さんみたいなの」

「ええ、そうですね。憧《あこが》れって言うか、理想です」

「じゃあ俺なんかに関わっても時間の無駄だ。他探せよ」

「……どうして？」

「俺には無理だからだよ」

「どうして無理なんですか」

「あいつら見てると、ああいうのもいいなって思うけど、それは海賊映画を見て財宝探しに行きたくなるのと同じようなものなんだ。身近じゃない。リアルに自分に置き換えられない」

光輝は真剣に聞き入っている。いつもそうだった。光輝はいつも、浅生の言葉を一言も漏らさずに聞き取りその意を違《たが》えずに理解しようとした。そして浅生が口を閉じると、慎重に話し出した。

「俺が……俺と試してみるのはどうですか？　真似から始めてもいいです。いつかリアルに感じられるかもしれない」

浅生のような男にも誠実な光輝を見ていると罪悪感が湧く。光輝はとても純粋な人間だ。気持ちに応《こた》えられないのに……応える気など端《はな》からないのに、期待させてしまった。

「俺には息苦しいんだ。そういうのは。もっと気楽に生きていたい。恋人とか、家庭とか、俺には重いんだよ」

ひと呼吸ごとに酔いが夜気に溶ける。浅生は一瞬だけ目を閉じ、それから夜空に浮かぶ三日月を真似て唇の端を上げてみせた。

「なんてな、言い訳だよ！　俺はいろんな男と楽しみたいんだ。いちいち交際から始めてたんじゃ数こなせないじゃん。ただそれだけ」

夜空から唖然《あぜん》としている光輝に視線を移しても、軽薄な笑顔のままでいられた。

「だからおまえだって歓迎だぜ。いつでも相手してやるよ。出し惜しみするほどの身体でもないしな」

言いながら、これは菰田《こもだ》の言葉だったと思い出す。

（出し惜しみするほど大切にしてきた身体じゃないだろ）

菰田に出会ったころはもう無茶な遊びはしていなかったのに、菰田は浅生がどんなふうに生きてきたかを知っているようだった。浅生が菰田の中に異形《いぎょう》を見たのと同じように。結局は似た者同士だったのかもしれない。

「けど他の男とだってやるから、嫉妬《しっと》されても困る。恋人なんて勘弁。俺はそういう人間なんだ」

助けてやることもできないのに半端に関わって傷つけた、あのころと同じだ。十年も経《た》ったのに俺はすこしも進歩していない。

「おまえは知ってるだろ。俺は誰とだって寝るんだよ」

「俺は……そんな浅生さんは知らない」

光輝は生真面目な口調で言うと、つらいように目を伏せる。

「俺の知ってる浅生さんは、俺が悪いヤツに騙《だま》されないように助けてくれた」

「あれは、おまえを助けたわけじゃない」

じゃあ誰のためだったの？　光輝の目はそう問うていたが、答える気はなかった。

「俺みたいになるのは困るけど、せっかくいい男に生まれてきたんだ、おまえもうすこし遊び方覚えたほうが楽しい人生送れるぜ」

光輝の表情がどう変化するのか、見るのが怖かった。だが目は逸《そ》らさない。

「まあ、そうなるころには俺なんて完璧におっさんだし、相手にする気なんかなくなるだろうけど」

光輝の目に何かがよぎった瞬間、腕を摑《つか》まれた。つよい力だった。

「行きましょう」

「……どこに？」

「俺んち」

「おまえ人の話――」

「聞いてましたよ。相手してくれるんでしょ」

街灯から離れた道端で、月明かりに照らされた光輝の表情は険しく、目にはあのころと同じ暗い光が灯《とも》っていた。

「行きましょう。あなたを抱きたい」


手を引かれるまま光輝の住むマンスリーマンションに連れ込まれた。押されるようにして室内に入り、ドアの閉まりきる前に背中から抱きしめられる。光輝の手がコートの中に滑り込み、忙《せわ》しなく動いてシャツの上から身体を探ってくる。敏感な場所はすべて、最初の晩に知られてしまっている。あの夜、光輝は怖いほどの熱心さで浅生の身体にくまなくふれた。

「あ――」

シャツの布地ごと乳首を捻《ひね》られて、痛みと……その奥に潜む甘やかな気配に息を飲む。光輝は感情の高ぶりをぶつけるようにそこを愛撫しながら、もう片方の手をボトムにかける。思わず腰を引いたが光輝の身体に阻まれた。尻の狭間《はざま》に押しつけられた光輝のものはすでに硬くなっていて、ジーンズの厚い生地の中で窮屈そうなのが伝わってくる。

ぐっと背中を押されコートを剝ぎ取られた。下着ごとボトムをずらされ体勢を崩し身体を光輝に支えられる。あっと言う間に抱き上げられた。

「明かり点けるのめんどうだから。暴れないでね」

熱く湿った吐息が耳をくすぐる。浅生は返事をする代わりに光輝の肩に腕を回した。暗くてよくわからないが、どうやら1DKらしい。浅生をベッドに降ろすと、そのまま重なってくる。二人分の重みに、シングルベッドが鈍く軋《きし》む。

「ここ壁薄いんだ」

隣の声、時々聞こえる。そうささやく声音に、それがただの話し声ではないことがわかった。

「だから、今夜は声、我慢してね」

このまま、また抱かれるのか。また流されてしまうのか。条件反射のように身内に湧き上がる欲情を感じながら、浅生は半ばあきらめていた。カーテンを引いた部屋は暗く、目を閉じればさらなる闇が訪れる。こうしていれば自分に乗りかかっているのが光輝ではなく別の男だと思い込むこともできるだろう。できるはずだ。

だが目を閉じていると、逆に光輝をつよく意識してしまう。手の動き、肌の熱さ、漏れる吐息……光輝以外の男を思い浮かべることができない。一度しか寝ていないのに、光輝は浅生の中に深く刻まれてしまった。

「浅生さん」

その声は甘く、浅生を恐怖させた。後戻りできなくなる。取り返しがつかなくなる。それは予感よりも確かな感覚だった。

目を開け、服を脱がしにかかっていた光輝の身体を押し退《の》け逃げ出そうとした浅生は、難《な》無《な》く手を摑まれベッドに押しつけられる。

「相手してくれるんじゃなかったの」

浅生は答えず、なおも身を捩《よじ》った。

嫌だ。

大声で叫んで闇雲《やみくも》に暴れて逃げ帰りたい。

なのに身体が思うように動かない。声が出ない。

ベッドのフレームを摑み身体を捻《ひね》ったが、身体が反転しただけでベッドを出ることはできなかった。

「……そんなに嫌なの」

背を向けた浅生にのしかかるようにぴったりと重なった光輝が、耳元で哀願する。

「ねえ、こっち向いて？」

衣服越しであっても、光輝の肌は熱いほどだった。

「このままがいいの？　このまま、後ろからがいいの？」

もぞもぞと手が動いて、ずらされたボトムと下着が膝のあたりまで下げられる。慌ただしくまさぐられて息を詰める。キュッと何か音がして、次にふれられたとき、光輝の手はローションで濡れていた。尻の狭間を何度か往復してから、窪《くぼ》みに指を添える。浅生がびくりと身体を竦《すく》ませると、光輝も驚いて手が止まる。だがすぐにまた動き出す。ほぐすように周囲を撫《な》でて、そっと潜りこんでくる。

「や——……」

広げながら入ってきた指から生まれる鈍痛に身体が竦む。

「痛い？」

光輝の声に狼狽《ろうばい》の響きが混じる。痛いと訴えれば光輝は浅生を抱くことをあきらめるかもしれない。だが何も言えなかった。

「あっ、あ——」

ごく浅いところを指で擦《こす》られて、浅生は鋭く背筋をのけ反らせながら喘《あえ》いだ。光輝の身体から緊張が抜ける。同時に浅生は絶望で満たされた。

——どうして。

セックスならこの前のあの男とすればよかったんだ。最初は気乗りしなくても、ベッドに入ればいつものように楽しんですっきりできたはずだ。誰とやっても同じなのだから、何も光輝でなくてもいいはずだ。光輝とはしたくない。なのにどうして……どうして。

「よかった」

本当にほっとしたようにささやくと、光輝の指がさらに深く入ってくる。たっぷりと使われたローションが淫猥《いんわい》な水音を立てるたびに、浅生は身体を震わせる。止まらない。

「く——ん……」

欲しいもっと欲しい。

やめてくれさわらないでくれもうおまえとはしたくない。

「ああ……」

ねだるように、光輝の指を味わうように、腰が揺れる。光輝は浅生の動きに合わせてしばらく指を動かしていたが、もう充分だと判断したのか、指を引き抜く。

充血し緩んだ窪みに先端がふれただけで、浅生は泣き声を上げそうになった。ローションと指で広げられた場所に、先端がぬるりと入りこんでくる。光輝が小さく呻《うめ》く。浅生は両手でシーツを握りしめる。固く握った拳《こぶし》を包むように光輝が掌《てのひら》を重ねる。普段の冷たさが嘘のように熱い。

「浅生さん……浅生さん……」

うわ言のようにささやきながら侵入してくる。途中で我慢がきかなくなったのか一息に突き上げられて、浅生はシーツを噛《か》んだ。それでも声を抑えられない。壁の薄さを慮《おもんぱか》ってのことではない。光輝に聞かれたくなかった。光輝を欲しがっている浅ましい声。獣の声。

だが光輝の動きに合わせて、声は嚙み締めた歯の間から漏れ出てしまう。もっともっと、煽《あお》るように腰を揺らしてしまう。動くたびに、浅生の中で荒れ狂う光輝の存在が明確になった。

やがて光輝が浅生の上で身を震わせる。大きく息をつくのに合わせて、浅生も息をつく。深く穿《うが》たれたものが引き抜かれるのを待ったが、光輝はいつまでも浅生から離れようとしない。やさしい手つきでうなじにかかる髪をかきあげられて、浅生は顔を上げる。

「ああ、浅生さんだ」

感に堪えぬ声音で光輝がささやく。唇が重なってくる。

いきなり脚を持ち上げられて、身体を反転させられた。脚の間に光輝が割り込んでくる。片方の脚を肩に担がれたまま、光輝は身体を倒してきた。反転の弾みに抜けたものがふたたび体内に入ってきた。まだ勢いを失っていない。すぐに動き出した。

「やっぱり、顔見ながらのほうがいい。そのほうが……ずっといい」

浅生の乳首を口に含む。つよく吸われながら舐《な》められて声が出る。

「ここ感じますか？」

舌先で嬲《なぶ》られてぞくぞくと下腹が震えた。

「ねえ、感じる？」

わかっているくせに光輝は重ねて問う。乳首を舌で愛撫しながら手を下ろすと、光輝は猛《たけ》った浅生のものに指先だけでふれる。

「よかった。大きくなってる」

濡れてるねとうれしそうに言われて、握られたものが震える。

浅生の頑《かたく》なさが火をつけてしまったのか、光輝は最初の夜よりも執拗《しつよう》だった。

何度も求められて息が上がったが、浅生はやめてくれとは言わなかった。言えなかった。

カーテンの隙間から漏れる外明かりに淡く浮かぶ光輝の顔は苦しみに耐えているようだ。苦しいのは俺のほうなのに。

「い——」

深く貫《つらぬ》かれて、浅生は何度目かの波の気配に身を震わせた。シーツを摑んだ手に光輝が手を重ねてくる。締め切った部屋で、春はまだ先なのに合わせた手は汗で濡れている。二人分の熱気を吸ったシーツが熱い。まるで焼かれているように、光輝とシーツの間で浅生の身体がのたうつ。

「浅生さん……すごい、気持ちいい」

(知ってる? このお兄さん、男をいい気持ちにさせるのが巧《うま》いんだよ)

「浅生さん、ねえ、もう一回……」

「……もう無理だろ。ほら」

熱っぽい息遣いや声音とは裏腹に、浅生が握った場所からはもう力は失われている。

「いくら若いったって、無茶すんなよ」

「じゃあ、浅生さんがして。俺を抱いて」

「おい――」

盛り上がりすぎだろ。

「浅生さん……」

せつない声で呼ばれて、胸が震える。それはついさきほどまで浅生を翻弄《ほんろう》していた性的な高ぶりとは違う。光輝もきっとそうだ。欲しいのは身体の快感ではない。身体の充足を心の充足とすり替えるのは簡単だ。だがその水はすぐに乾く。だから何度でも欲しくなる。

熱の引きかけた肩を抱いてやると、ほっとしたように弛緩《しかん》した。

「俺だけじゃだめ？」

目を閉じたまま、光輝がささやく。

「俺だけじゃ……だめですか」

縋《すが》るように身体を寄せてくる光輝を抱きしめて、浅生も目を閉じた。

気がつくと浅生も眠っていて、肩が寒い。夢うつつに手探りで毛布の端を探していると、光輝が毛布ごと被《かぶ》さってくる。

「起きたのか」

返事はなく、光輝の呼吸は深く穏やかなままだ。まあ、いい。窮屈ではあるがこれで寒くはなくなった。あどけない顔をして眠っている。光輝の寝顔を見ていると、浅生のまぶたも重くなる。妙な気分だった。光輝に抱かれている間胸中に渦巻いていた自己嫌悪や罪悪感が消えていく。眠りに落ちる刹那《せつな》、その気分が安堵《あんど》だと気づいた。

しかし満ち足りた眠りの中で暗鬱《あんうつ》な夢を見た。夜の街をあてもなく……あてを探してうろついていたころの夢だ。あのころは夜空を見上げるといつも満月で、星はどこにも見えなかった。そんなわけないのに、思い出すのはいつも満月と星のない空だ。満月の光は淡い金色で、眩《まぶ》しくもなく熱もなく、ただ浅生を削り取り疲弊させた。夜は永遠より永く、月から逃れることはできない。見るものふれるものすべてに苛立《いらだ》っていた時期が過ぎ、浅生はただ疲れ果てていた。

荒《すさ》んだ雰囲気がその手のことに慣れているというシグナルになるのか、相手には不自由しなかった。あのころ寝た相手のことはほとんど覚えていない。もともと行きずりの相手ばかりだ。覚えるも何もない。浅生の肩を撫で回しながら子どもがこんな時間にと説教口調で声をかけてきた中年男の財布で散々飲み食いして、ホテルの前で逃げてやったこともある。あれは痛快だった。なのに夢を見る。黒々とした苦しい夢。形がはっきりしないから、余計に重くのしかかってくるような夢。

ねっとりと身体を這《は》いまわる手や舌の感触。見知らぬ男に身体を開かれる生理的な嫌悪感と生理的な快感から、浅生は快感を選んだ。どうせなら楽しめばいい。そう割り切れば身体はどんどん貪欲《どんよく》に快感を求めるようになり、若く奔放《ほんぽう》な身体は相手を悦《よろこ》ばせた。だが浅生の中に処理しきれない感情が降り積もり澱《おり》のように溜《た》まっていく。憎い。こんなことされたくない。したくない。憎い。汚い。苦しい。つらい。憎い。憎い憎い憎い。

――どうして俺には、ただ抱きしめてくれるだけの人がいないんだろう。

浅生の中は憎悪でいっぱいになる。いったい何が憎いのか。浅生を愛してくれない両親か、端金《はしたがね》をちらつかせて浅生の身体を自由にする大人たちか。いや……本当に憎いのはきっと、無駄なことだと知りながら、それでも愛を乞う愚かな自分。汚いと思いながらも大人に縋らなければ生きていけない浅生自身だ。

汚い憎いと思いながらも、浅生は男を求めることをやめなかった。人肌が恋しかった。抱きしめられたかった。浅生は自分を対価にして得た刹那の熱を、心のぬくもりにすり替える。どちらを向いても闇ばかりの息苦しい夢の中で、ふいに別の腕に抱きしめられる。つよい力なのにやさしい。足元に跪《ひざまず》かされることも、肩や脚を痣《あざ》ができるほどきつく摑まれ身体を折り曲げられることもないとわかる。この腕は心地よい。夜より暗い深海に射《さ》す、かすかな光。なめらかで熱い肌。その下にしなやかな筋肉が感じられる。背中に回されていた手が肩に移動する。ふと手の感触が離れ、寂しさに身震いしたら指先で頰《ほほ》をなぞられた。大切なものにふれるようにそっと。密着した肌は熱いのに指先だけが冷たい。

ねえ、こっち向いて？

ギクリとして目を開けると、そこにいたのは光輝だった。縋るような目をした、十五歳の伊澄《いすみ》光輝。

「あ――」

パンと手拍子するのと同時に鳩が現れる。そんな唐突さで夢から醒めた。

「どうしたの」

突然声を上げて跳び起きた浅生に光輝も――二十五歳の鮎川光輝も驚いて身体を起こす。

胸が荒い呼吸に合わせて忙しなく上下している。肩が寒い。背中が寒い。涙が出そうになって、浅生は手で顔を覆った。泣きたくない。こんなことで泣いてたまるか。

「俺ぎゅっとし過ぎてた？　それで悪い夢見ちゃった？」

光輝が毛布を身体に巻きつけてくれる。だが震えは治まらなかった。

「浅生さん？　こっち向いて」

いつまでも心配されるのが煩《わずら》わしくて、浅生は顔を上げた。さいわい涙は出なかった。目が潤んでいるていどだ。

「顔色悪い」

おずおずと、光輝の手が浅生の頬にふれる。冷たい指先。

「ごめんね」

「……なんでおまえが謝るんだよ」

声は掠《かす》れ、ほとんど音にならない。

「だって……俺、強引だったろ？　乱暴にされて浅生さん嫌だったよね」

乱暴……笑ってしまいそうになった。最初の晩も今日も、あんなにやさしく丁寧に抱かれた経験はなかった。雑な男もいれば執拗な男もいた。紳士的な男だっていたのに、光輝のような抱き方をする男はいなかった。

抱き寄せられそうになって、浅生は咄嗟《とっさ》に抵抗した。だが手にも足にも力が入らない。

「なんで逃げるの。そんなに嫌だった？」

嫌だ。逃げたい。

「いくら冬でも暑っ苦しいんだよ。俺は抱き枕か！」

今度はうまく声が出せた。だがその拍子に咳《せ》き込む。口の中がからからに乾いていた。

「おまえんちは連れ込んでおいて茶の一杯も出ないのかよ」

光輝はあたふたとベッドから下りてセーターとジーンズを着ると、同じような一揃《ひとそろ》いを出してベッドに置く。光輝の姿がキッチンに消えるとほどなくしてコーヒーの香が漂ってきた。

浅生は光輝が用意してくれた服ではなくゆうべ脱がされた自分の服を拾い集めて身につけた。

もう一度、このまま逃げ帰りたい気分になったが、光輝がコーヒーを持って戻ってきたのであきらめて、床に置かれたでかいビーズクッションにもたれかかる。光輝はカップを手渡すと、カーテンと窓を開ける。朝のひんやりとした空気が部屋に籠《こ》もっていた熱気を洗い流す。空は白々と明るく、陽が昇ったばかりの早朝なのだとわかった。

「家具って室の備品なのか」

「ベッドと家電製品はね。あとはレンタル。食器とか細かいものはワンコインショップで買った」

「けっこういい室だな。マンスリーってもっとしょぼいかと思ってた」

「そうでもない。壁薄いよ。……ゆうべも言ったけど」

「じゃあおまえもうここには住めないな。両隣に間違いなく聞こえたぞ」

懲《こ》りない光輝は尻をずらして浅生の隣にぴったりとくっついてくる。マグカップを手にしたまま、浅生の顔を覗《のぞ》き込む。ほっとしたような笑顔が浅生の中に染《し》み渡る。

「よかった。顔色戻ってきてる」

浅生は光輝の視線から逃れるために、マグカップの上に顔を伏せる。

光輝の恋心はまるで信仰のようだ。心に描いた美しい恋は、きっと本物の恋には敵《かな》わない。浅生が遠ざけようとしなくても、じきに光輝のほうから離れていく。逃げるから焦《じ》らされたと取られてかえって燃え上がる。そんなものだ。光輝が飽きるのを待てばいい。その間しっかり楽しめば一石二鳥だ。

「おまえも物好きだな。こんな面倒な男相手にしなくても、他にいくらでもいるだろ」

「自分で面倒だってわかってるんだ。じゃあもっと素直になってよ」

「俺は素で面倒な人間なんだ」

浅生の人生で、光輝のようなまっとうな好青年からこれほど熱烈に求められることなど後にも先にもこれきりだろう。光輝の気持ちが他へ向くまでの短い間、せいぜい利用すればいい。

「浅生さんて、世慣れてるくせに時々思春期の中学生みたいだよね」

「人を中二病みたいに言いやがって」

「浅生さんが俺を好きって言ってくれたら、そうしたら、俺けっこうがんばれるんだけどな」

「がんばるって何を」

「いろいろ。浅生さんに冷たくされてもめげないとか」

「めげてろよ。そうでないとこっちが楽しくない」

浅生が笑うと、光輝はひどいなあと眉《まゆ》をひそめる。

「純情な青年を玩《もてあそ》ばないでよ」

「玩ばれたくなかったら俺みたいなのにほいほい寄ってくんな。だいたい、何が純情だ。会ったその日のうちに乗っかってきたくせに」

「また言う。だって、もたもたしてたら逃げられると思ったから……」

寂しい子どもは得てして早熟だ。身体に訪れる生理的な充足を心の充足にすり替えるのは、自分が親から愛されていないという事実を受け入れるより簡単だった。心の寂しさを身体で埋める。そしてそれは癖になる。

しかし光輝は、あまり慣れていないようだった。男相手で勝手が違うのかと思ったが、どうやら女ともたいした経験はないらしい。このルックスと性格なら、本人が奥手でも女が放っておかないだろうに。

「あんなふうになったのは初めてだった。編集部で久坂さんといるのを見て、つきあってるのかもって思ったら、なんだか胸が苦しくなって。久坂さんとは前に一度話したことがあっていい人だって知ってるし、歳《とし》だって俺より浅生さんに近くて、きっと俺より浅生さんにお似合いなんだろうけど、でも苦しかったんだ。久坂さん恋人じゃないって聞いて、そしたら居ても立ってもいられなくなった。あの晩だけじゃない。浅生さんを見ているといつもそうなる。もっと格好つけて、浅生さんに好きになってもらいたいのに。こんなんじゃガキ扱いされるのも仕方ない」

光輝はみるみるしょぼくれる。

「ゆうべも強引だったよね。……怒ってる？」

不安げな顔で訊かれて、浅生は嘘がつけなかった。

「…………本当に、嫌なら……蹴り飛ばして逃げてる」

ランプに火が灯るように、光輝の顔が輝く。

「よかった」

逃げる間もなく抱き寄せられる。犬がするように鼻先で首筋を撫でられて、思わず息を詰める。

「浅生さんが嫌がるようなことしたくないんだ。だから浅生さん……いろいろ教えてね」

もう……帰らないと。口の中で呟きながら立ち上がろうとしたが、光輝は腕を緩めてはくれない。顔を寄せてくる。唇がふれる前に、浅生の息は乱れ始めていた。肩を押し返そうとした手にもまだ力が入らない。

「ゆうべ散々したくせに……」

「眠ったら回復した。若いから。浅生さんはまだお疲れ？」

今日オフだって知ってるんだからね。甘い声でささやかれて、床に寝かされた。唇を重ね、それから頬を重ね、また唇を求めてくる。

温度を上げていく光輝の肌や性急な手の動きに欲情よりも安堵を感じる。なのに浅生の脳裏には、ゆうべの夢がまざまざとよみがえっていた。

俺は光輝を汚してしまった。

「好きだよ。浅生さん、好き」

もう聞きたくなくて、浅生から光輝の唇を塞ぐ。光輝は浅生の腰に回した腕に力を込める。浅生が身体の力を抜くと、二人の身体はぴったりと密着する。

「浅生さん……」

それはもう呼びかけではなかった。

10

菰田との不快な取り引きから数日が経ち、泊まりの仕事を終えてマンションに戻ると、マンション前の路肩に止まった車のそばに学生服にコート姿の光輝が立っていた。あれは菰田の油カエルだ。菰田は窓から顔を出して何事か話していた。光輝は硬い表情をしていたが、菰田の話に惹《ひ》かれているのがわかる。菰田が何か言い、光輝は困ったようにうつむく。菰田が手を伸ばして光輝のコートの胸ポケットに何か……紙片のようなものを入れ、そのまま手を上げると甲で光輝の頬をさらりと撫でる。驚いて後ずさった光輝を見て、菰田の笑みが広がる。光輝は後ずさりはしたが逃げださなかった。まるで足に枷《かせ》でもあるように、後ずさった場所でじっとしている。菰田がさらに何事か話し出した瞬間、浅生は弾《はじ》かれたように駆け出し、菰田の車のバンパーを蹴り付けた。

「新車なんだがな」

「知るかよそんなこと！　二度とこいつに近づくな」

「この前といい、おまえがこんなに熱くなるなんてめずらしい。この坊ちゃんにそんなにご執心か」

菰田の目にあの光が宿る。澄み渡った狂気の光。

「坊やはおまえがどんなふうに男に抱かれるのか興味津々みたいだぜ」

「失《う》せろ！」

「聞かせてやれよ。あの後おまえが俺に何をされてどんな声を出したのか。動画を撮れなかったのは惜しかったな」

浅生が窓から車内に手を突っ込むと、さすがの菰田も身の危険を感じたのか車を発進させた。路肩には激高《げきこう》に息を荒げる浅生とおろおろしている光輝だけが残った。

「あ、浅生さん……俺——」

浅生は振り返るなり光輝の肩を摑み、怒りに任せて揺さぶった。

「金輪際あの男に近づくな！」

「浅生さん——」

「バカが！　あんな男に気安くさわらせやがって」

浅生はほとんど涙声で怒鳴り散らしながら、菰田がふれた場所を袖でゴシゴシと擦った。

「いた——浅生さん、痛い」

「おまえは親父《おやじ》さんみたいな写真家になるんだろうが！」

汚したくない。

「俺みたいな大人になってもいいのかよ！」

光輝だけは汚したくない。

光輝の上に輝くあの明るい星を、見失わせるようなまねだけはしたくない。

胸ポケットから紙片を奪うとビリビリに引き裂く。携帯番号だったのだろう。数字の羅列がちらりと見えた。

「もう帰れ。行っちまえ！」

蹴散らすようにして光輝を帰らせると、浅生は駅に向かって今来た道を猛然と走り出した。浅生が……菰田がよく遊んでいる界隈に着いたころにはすっかり夜になっており、心当たりの店を順に回って三軒目に菰田はいた。いつもは仲間……取り巻きが何人かいるが、今日は内気な学生風の男が隣にいるきりだった。こんな場所は初めてらしく、ずいぶん緊張した様子だ。菰田はこの後マンションに連れ込むつもりなのだろう。手を縛らせてくれともちかけられたら、彼はきっと恐れながらも首肯いてしまいそうだ。

「バンパーがへコんでたぞ。獰猛《どうもう》なヤツだ」

文句を言うにしては楽しげな表情の菰田の胸倉を摑み、ボックス席から引きずり出す。浅生の腕になぎ払われて、テーブルの上のグラスと皿が床にぶちまけられる。菰田のにやにや笑いが消え、すこし胸がすいた。口を開く前に殴り倒す。たちまち店内が騒然となる。

「浅生くん、ちょっと、困るよ」

マスターの声を無視して、不意打ちから素早く立ち直り浅生に摑みかかろうとする菰田の手を擦《す》り抜け、肩を突き飛ばして尻餅をつかせる。続けざまに蹴りを入れた。

菰田の唇に、なんとも言えない嫌な笑みが浮かぶ。何事か呟いた。聞き取ろうと動きが止まった瞬間、菰田は浅生の足を払った。倒れた浅生にのしかかるようにして拳を振るう。頬を殴られこめかみに鋭い痛みが走った。殴られた拍子に菰田がしていた趣味の悪い指輪の立て爪が皮膚を切り裂いたのだと気づくころには、溢《あふ》れ出たあたたかい血が浅生の顔の左側を濡らしていた。ナイフが欲しい。一瞬つよく思ったが、すぐになくてよかったと思い直す。昔から、武器としても護身用としても刃物の類《たぐ》いには近づかないことにしていた。ああいうものを持つと、きっと歯止めが利かなくなる。刃《やいば》のまとう光は月の光に似て、浅生を決定的な破滅へと導く。

誰かが「警察」と言うのが聞こえた。引き上げたほうがいいのだろうが、まだだ。もう光輝につきまとおうなどと思わなくなるまで痛めつけてやる。ズキズキする拳を固めたところに、店のドアが開いた。もう来たのかと咄嗟にバックヤードに目をやる。裏口からなら逃げおおせる。こんなことで捕まるのはまっぴらだ。だが入ってきたのは警官ではなく夏希だった。店内にいるのはマスターをはじめ顔見知りばかりだ。誰かが呼び出したのだろう。

「何をしている」

「関係ねえだろ。下がってろ」

「そうもいかん」

言うなりまだ床に手をついていた浅生は羽交い締めにされる格好で抱き起こされた。足が宙に浮く。浅生と大男の夏希とでは身長差が二十センチ近くある。ウエイト差も二十キロはあるだろう。

「もうやめておけ」

浅生が無防備になったのを菰田は見逃さなかった。しかし浅生に殴りかかった菰田は夏希の無造作な、だが重い蹴りを腹に食らって床を転げ回り、浅生の怒りはやっと静まった。夏希は血まみれになっている浅生の顔におしぼりを押しつけると、マスターと何事か話してから浅生を担いで店を出た。

「下ろせよ」

「おしぼりちゃんと押さえてろ。たぶん縫わなきゃならん」

「マジ？　もう暴れないからとりあえず下ろせ」

夏希は路肩に停《と》めた車の後部座席に浅生を放り込むと、運転席に乗り込み素早く車を出した。

そのまま夏希の家に転がり込み、さっさと出ていけという夏希の言葉を無視して丸二日居座った。三日目に抜糸して自宅に戻ると、さっそく物音を聞き付けて出てきた光輝が、浅生のこめかみにある大きな絆創膏《ばんそうこう》に驚く。

「あの、どう――」

「おまえには関係ない」

光輝は菰田のような……俺のような人間と関わりを持つべきではない。その思いが浅生の胸をつよく締《し》めつけた。

「あの人と何かあったんですか。あの……車の人」

浅生は光輝の問いかけを無視した。

「あいつの顔覚えてるか」

「……はい」

「もし通学路とか、このマンションであいつに会っても口きくなよ。自分ちには戻らずにどっかで時間潰《つぶ》して、どの室に住んでるかバレないようにしろ」

「わ、悪い人……なんですよね」

悪い人、という言い方が妙に可笑《おか》しい。確かに「いい人」ではないな。浅生が笑うと、光輝は不満げに眉をひそめた。

「だって、浅生さんにひどいこと言った」

「ひどいこと？　ああ、あんなこと……。本当のことだしな」

光輝は侮辱《ぶじょく》を受けたのが自分であるかのような顔をする。

「浅生さんは……あの人が好きなわけじゃないんですよね」

硬い表情で尋ねる。浅生が睨むと光輝は怯んだ。だが退《ひ》かなかった。

「あの人とつきあってるんじゃないですよね」

「おまえに詮索《せんさく》される謂《いわ》れはないぜ。恋人の一人や二人、いて何が悪い」

「二人！」

「いや……そこに食いつかれてもな」

実際には、浅生は決まった「恋人」とつきあった経験がなかった。いつもその場限りの関係だ。そもそもつきあうという状態が浅生にはよく理解できない。一晩だろうが数年だろうが、最後に別れることに変わりはないのに。束縛だの約束だの、そんなもので不自由な思いをするなんてバカげている。難しいことを考えるには人生は短すぎるし、ただ生きるだけには永すぎる。

「あの人に、何か……嫌なことされたんですか。俺が……俺のせいで」

「嫌なこと？」

今自分の顔に広がった笑みはひどく醜いだろうと、浅生は思った。だがそれでいい。浅生は内心震えていた。震えが止まらなかった。もし——

「確かにあいつは嫌なヤツだが、テクはあるからいい気持ちにさせてくれたよ」

呆然《ぼうぜん》と浅生を見つめていた光輝の頬が、みるみる血の気《け》を失う。

もしこいつが……俺のせいで菰田のような男と関わりを持つようになって……俺みたいに

なってしまったら……俺みたいなどうしようもないろくでなしになってしまったら——

「あいつが言ってただろ？　俺は男と気持ちいいことするのが大好きなんだ」

光輝が口を開く前にまくし立てた。

「だがな、おまえみたいなガキはお断りだ。どうせあいつに妙なこと吹き込まれて、俺が帰ってくるのおっ勃《た》てて待ってたんだろ」

「ち、違——」

「ガキが色気づきやがって！　これだから嫌なんだ。ああ、嫌だ嫌だ。ほんとに——やってらんねえ。帰れよ！　ちょっとやさしくしてやればつけあがりやがって。二度とツラ見せんな！」

立ち尽くす光輝の肩を突き飛ばし、室に入った。涙が出そうになったが、意味がわからないのでこらえた。泣きたいのはいきなり口汚く罵倒《ばとう》された光輝のほうだろう。

それから光輝が訪ねてきても、一度もドアを開けなかった。引っ越そうかと考えはじめていたころ、ポストの中にメモを見つけた。金曜の夜に行きます。すこしだけ話をさせてください。シャープペンシルで几帳面に書かれた手紙は、便箋ではなくノートを切り取ったものだ。

金曜の夜、訪ねてきた光輝を出迎えた浅生はだらしなく着たバスローブ一枚きりの姿だった。あられもない格好にうつむいた光輝の手には、家電量販店の手提げ袋がある。

「週末の夜に来るなんて、気の利かないガキだな」

胸倉を摑んでぐいと引き寄せた。

「おまえ、俺が男とどうやってんのか興味あるんだったな。見学させてやろうか。なんだったら参加してみるか？　大サービスだ、筆下ろししてやるよ」

「浅生さん……」

光輝の声は震えていた。奥から菰田とは違う上半身裸の男が出てくると、光輝はいっそう青ざめる。

「この前の男にはナイショな。こっちが本命なんだ」

耳元にささやくと、すぐに離れた。

「いいか、次は警告なしだ。もうここには来るな」

ドンと胸を突かれてよろけた光輝は、一瞬縋るように浅生を見上げると、深くうなだれた。

手提げ袋を浅生の前に置いてドアに手をかける。

「なんだよこれ、置いてくなよ」

光輝は振り返ったが、袋を置いたまま出ていった。

「捨てちまうぞ！」

「これでよかったの？」

黙ってなりゆきを見ていた男が、妙にやさしい声で尋ねてくる。バーで浅生に声をかけてきたときだって、こんな声は出さなかった。まるで……迷子になった小さな子どもにかけるような声だ。ぼく、お父さんとお母さんは？

「これでって、何が」

「あの子がここに来る時間に合わせて俺を呼んだんだろ」

男は眼鏡を外すと、物憂いようなため息をついた。好みの細面《ほそおもて》だが、地元に婚約者がいるくせに出張のたびにこんなことをしているような男だ。こんな男が俺にはふさわしい。

「ガキに懐かれて鬱陶《うっとう》しかったんだ。これでもう来ない」

深夜、男が帰って独りきりになると、光輝が残していった手提げ袋を手に取ってみた。中身は、こづかいを貯《た》めて買ったのだろう、カメラ用のストラップだった。浅生が愛用しているメーカーの純正品だ。そういえば……前にストラップが古くなってきたと話したことがあったっけ。名刺大のメッセージカードが入っている。何も書かれてはいない。次に会ったら返そう。こんなものを贈られる筋合いはない。

だがその後十年、浅生が光輝に会うことはなかった。

11

光輝は個展に向け日々多忙になっていく。写真家鮎川光輝にとって、大きな意味のある仕事だ。出版社や代理店とのあいさつや打ち合わせ、会場のレイアウト、毎日目が回る忙しさだろう。浅生にかまけている余裕などあるはずがない。しかし来訪や電話は減ったものの、夜には必ずメールがある。風呂上がりに一杯やってベッドに入り、頭まで被った布団がぬくもるまでの間、その日の出来事が綴《つづ》られ、おやすみなさいで締めくくられたメールを読む。返事は出さない。おやすみなさいという言葉をもう一度読み返してから携帯を閉じ眠りにつく。アルコールとは違うやさしい熱が、身体を内からあたためてくれる。まどろむ浅生の眼前で星が瞬《またた》く。それは浅生が願っても届かなかった、明るく大きな導《しるべ》べ星《ぼし》だ。

だが眠りの底へと辿《たど》りつくと、そこには輝くものなど何もない。いつもそうだ。このところ……光輝の室に泊まった晩から、眠るたびに浅生の脳は古い記憶を辿る。

いくつと訊かれて十八と答えた。先月十三になったばかりの浅生はまだ声変わりもしていなかったが、隣のスツールに苦労して大きな尻を乗せた中年男は年齢についてはそれ以上訊かなかった。飲食以外の目的のために男たちの集まる店の割には旨《うま》い食事を出すので、浅生は金がなくなるとここで食事をした。最近のお気に入りはタコライスにドライビールのセットだ。食事が終わるまでには浅生の隣には男がいて、浅生の飲食費を払ってくれる。今日はこの中年男が財布になるようだ。

「もっとムードのいい店で飲み直さないかい？」

背が高く恰幅《かっぷく》がよくて、突き出た腹がまるで信楽焼《しがらきやき》のタヌキのようだったが、小さい目だけはやけに鋭い。タヌキは浅生の手に数枚の札を握らせ、浅生はスツールから下りるとタヌキの後に続いて店を出た。顔馴染みの店主は浅生が毎度違う男と連れ立って店を出ることには何も言わないが、ドライビールを注文してもジンジャーエールを運んで来る。浅生が文句を言ってもとりあってくれない。

猥雑《わいざつ》な喧噪《けんそう》をネオンが彩る夜の街でも、夜気だけはしんと冷たい。寒いねえと言いながら、タヌキが浅生の肩を抱く。小柄な浅生は男の身体にすっぽりと隠されてしまいそうになった。逃げる機会はいくらでもあったし逃げ足には自信があったが、浅生は逃げなかった。

タクシーで連れて行かれたのは、さきほどまでいた店とは食べ物も飲み物も一桁《ひとけた》値段が違うような店だった。タヌキは常連らしく、ほとんど暗闇のような店の、さらに暗い一番奥のブースに丁重に案内された。店員はちらりと浅生を見たが何も言わない。客はあくまでタヌキであって、どんな手弁当を持ち込もうが口を出す気はないようだ。

オーダーなどせずとも酒と肴《さかな》がテーブルに並び、あとは二人きりだ。タヌキは目尻を下げて好色そうな笑みに顔を崩すと、自分の膝をぽんぽんと叩《たた》く。浅生は男の肉厚な腿《もも》の上によじ登るようにして跨《また》がった。バランスを崩しそうになって慌てると、男の手が背中に添えられる。大人の男の手は大きくて厚い。男は片手で浅生を支えたまま、もう片方の手にグラスを持つ。浅生はそこに酒を注《つ》いだ。円形のブースの背もたれは高く、男と浅生の様子を外から見ることはできない。他のブースから怪しげな声がかすかに聞こえてくる。

背中に置かれた手も浅生が両脚で挟んでいる太腿《ふともも》も、酔いのせいかひどく熱い。男の手に肩から背中を撫で回されながら、抱き上げられるのはこんな感じなのかとぼんやりと考える。男が浅生を抱き上げたのは親が子どもにするのとはまったく違う種類のものだが、浅生は物心ついてから、襟《えり》を捕まれ持ち上げられることはあっても抱き上げられたことは一度もなかったので同じことだ。男の首におずおずと腕を回してみた。振り払われないことにほっとした。

「どうした？」

男は機嫌よく笑ってよしよしと言いながら浅生の頭を撫でる。浅生は胸にほのかに湧いたあたたかいものを逃がさないようにそっと目を閉じる。いつだったたか、テレビドラマで見た光景を思い出していた。父親が小さい子どもをひょいと抱き上げて膝に乗せる。子どもは楽しそうな笑い声を上げながら父親の膝の上で飛び跳ねる。どっしりとした父親の身体は大きな船のようだった。

「おじさんのこれが欲しくなったか」

濁った声が耳に吹きかかる。男に手を取られて、膨らんだ股間に押しつけられた。

浅生は小さく首肯くと、男が望むように手を動かしながら、また目を閉じて自分だけの夢想の世界に浸った。


最近寝付きが悪く、酒量が増えていた。独りで飲んでいると肴を用意するのが億劫《おっくう》になる。夕飯すら食べずに酒を飲む。夜が更けベッドに潜り込み目を閉じても、どこからか聞こえるかすかな音が気になって眠れない。

(あのときの男……ああいうヤツと一緒にいて、それで自分も同じなんだって浅生さんが思い込んだままだったらって、心配だった)

眠れない時間をベッドで過ごすのは効率が悪いと思うようになったのは、光輝からのメールを読まなくなって何日経ってからだったか。着信だけは確認していたが、開ける気になれなかった。読んでも読まなくても眠れば夢を見る。もうすっかり忘れていた記憶が、恐ろしいほど鮮明に脳裏によみがえる。

その夜、浅生はまるで中学時代のようにネオンの瞬く界隈をあてもなく彷徨《さまよ》っていた。

終電までにはまだ間があり、繁華街にはほろ酔いで次の店に向かうサラリーマンの姿が多い。普通の飲み屋街だ。男と遊べる界隈に足を向ける気分ではなかった。いやいっそ、そんな遊びに溺《おぼ》れれば、深く眠れるかもしれない。どうにもならないことを嘘で紛らわせるのは、物心ついたころから繰り返してきた習慣だ。今度だってきっとうまくやれる。

「あれ、浅生さん」

重い脚を引きずるように駅に向かっていると、久坂に声をかけられた。

「一人でこのあたりって、めずらしいんじゃないですか」

「久坂さんこそ」

久坂は取材が長引いて、夏希も遅番で帰りが遅くなるので外で夕飯を済ませるところだという。浅生から発せられる荒んだ空気を警戒したのか気乗りしない様子なのをかなり強引に誘って、創作和食とワインを出すカウンター席だけの店に連れ込んだ。久坂は料理を選び、その隣で浅生はいきなり飲み始めた。久坂が食後酒に口をつけるころには「酔っ払い」といっていい状態になっていた。

「ねえ、久坂さん、これからうち来ませんか」

その言葉の含みに気づかないほど久坂は鈍くはない。困ったような笑みを唇に浮かべて、返事の代わりにグラスを傾ける。

「何もしやしませんよ」

守る気などない約束だと、互いにわかっている。だが久坂は信じるふりをする。

「それでも誤解されるような行動は謹むべきだと思います。李下《りか》に冠《かんむり》を正さずと言いますし」

久坂は物柔らかな口調で続ける。

「僕は夏希を傷つけるのも愛想をつかされるのも嫌なんです」

さらりと惚気《のろけ》たあと、どうしたんですかと気遣われた。

「相談なら乗りますよ。僕じゃあまり頼りにならないかもしれませんが」

「頼りにならないなんて、滅相《めっそう》もない……」

久坂の声を聞いているうちにどうにも眠くなってきて、頭を上げていられなくなった。カウンターの滑《なめ》らかな冷たさが頬に心地よくて、呂律《ろれつ》が回らない。まぶたが重い。

どうすればいいですか。

こいつとだけは寝たくないと思っていたやつと寝てしまったんです。

こいつだけは汚したくないと思っていたやつを汚してしまったんです。

気がつくとカウンターに右頬をくっつけていた。眠っていたらしい。ほんの数分か……数十分か。

「浅生さんと一緒だよ」

久坂が誰かと話している。ああ、携帯か。

「うん、酔い潰れちゃって。……え？　今どこにいるの？」

夏希が迎えに来るらしい。あの屈強な男なら、眠っている浅生を車まで運ぶことは容易《たやす》いし、きっとマンションに放り込んでいってくれるだろう。浅生は安心して、ふたたび眠りに落ちた。夢のない、心地よい眠りだった。

次に目が覚めると外にいた。酔いに火照《ほて》った頬に夜風がひりひりと冷たい。背負われている。久坂はいない。しなやかな黒髪から覗く逞《たくま》しいうなじ、広い背中、衣服越しに伝わる体温。夏希ではない。

「……なんで？」

「起きました？　気分悪くなったら言ってくださいね。俺の頭に吐かないでくださいよ」

光輝は明るい声で言うと、身体を揺すって浅生を背負い直した。久坂の電話の相手は光輝だったのか。たまたま光輝がかけてきたのか、久坂がヘルプを出したのか。

「タクシー使えばよかったのに」

「近いし、この時間ならタクシー呼ぶより歩いたほうがはやいって久坂さんが」

「重いだろ」

「抱き上げたことあるから楽勝だと思ったけど、寝てると重くなるの計算に入れてなかった」

酔いのせいか、素直な返事に浅生も素直にかわいいなと思う。

「下りるよ」

「もう着く。ほら、マンション見えてきた」

そう言って足を止める。だが浅生を下ろそうとはせずに夜空を見上げた。

「いい夜だね」

光輝につられて顔を上げると、澄んでいるはずの冬空に星はない。

(今は見えなくても、ちゃんとあるんだよ。ちゃんと輝いてるんだ)

あの夜、星のない空の下で胸に湧き上がったせつなさがよみがえり、浅生は気づかれないようにそっと光輝の背中に顔を伏せた。その拍子に、浅生はもとから着ていたコートの上に光輝のダウンコートを着せられているのに気づいた。浅生がしがみついている手編み風のセーターに包まれた背中がずいぶん広く感じる。久坂と飲んでいた店からここまで、徒歩なら二十分はある。あの痩《や》せっぽちだった少年が……と思うと妙な感慨がある。

「おまえ……大きくなったな」

「……耳元でそんな声出されたら困る」

「人がまじめに話してんのに何言ってんだ。もう下ろせ」

「やーだよ」

光輝は歌うように言って歩き出した。

「この前さ、こんな晩に電話で話したよね」

「忘れた。おまえしょっちゅう電話してくるだろ」

「浅生さんが外にいた日だよ。なんだか元気なくて俺心配したんだよ」

「気のせいだろ」

つれない返事にも光輝はめげない。

「電話で浅生さんの声を聞きながら、こんなときに浅生さんのそばにいられたらなって思ったんだ。だから今夜こうやって浅生さんと一緒にいられるのがうれしい」

俺もあのとき、光輝がそばにいてくれたらいいのにと思った。だがすぐに、いなくてよかったと思い直した。会いたいと思っている自分を光輝に見られなくてよかったと思った。きっと隠せない。会いたかったという顔をしてしまう。

光輝が歩き出す。さして揺れたわけではなかったが、浅生はその肩を摑む手に力を込める。

「おい、頭、ぶつかる。下ろせって」

浅生を背負ったままエレベーターに乗り込み、室に入るまで浅生を下ろさなかった。リビングで飲み直すつもりだったのに、背を押されるようにして寝室に直行する。

「もう、今夜はこれ以上飲んじゃダメ」

保護者のような口ぶりで言いながら、ベッドを指し示す。浅生がおとなしくそこに座ると、重ね着していた光輝のダウンと自分のコートを脱がされる。二枚のコートをハンガーに掛けると、光輝は浅生の隣に腰掛けた。軽く肩をぶつけてくる。

「久坂さん口説いたんだって？　懲《こ》りないなあ。口説くならせめて落とせそうな相手にしなよ」

俺とかさ……と声を潜めた光輝が、唇を寄せてくる。乾いた唇の弾力とそこから吹き込まれる熱い息に、浅生はうっとりした。

「おまえ口説いたって仕方ないだろ」

「そうだね、口説かれなくたってもう浅生さんにメロメロだもん。ちょっと待ってて」

光輝は部屋を出ていくと水の入ったグラスを持って戻ってくる。甲斐甲斐《かいがい》しく世話をされて、なんだかくすぐったい。

「もっと飲む？」

まるで病人を気遣うように寄り添う光輝にグラスを返すと、ゆっくりと首を振る。そのまま光輝の肩に頭を乗せる。光輝の手がそっと髪を撫でる。頰を滑った指先の冷たさが心地よい。酔いの火照りとは違うとろりと甘いものが満ちてくる。

「酔ってる……」

「知ってるよ。お酒くさいもん」

片腕を上げて光輝の背中に添わせた。太い糸で編んだざっくりしたセーターの上からでも、しなやかな筋肉の張りと肌のあたたかさが感じられる。

「俺……おまえとするときはいつも酔ってるな」

光輝の身体が緊張したのがわかった。だが聡《さと》い光輝は余計なことは言わない。浅生の顔を上げさせると唇を被《かぶ》せてくる。光輝の舌も浅生の口内と変わらないほど熱く、すぐに溶けあう。肩を抱かれ横たえられる。光輝が乗りかかってきてベッドが小さく揺れた。浅生の中でも、何かが小さく揺れた。

「ん……」

服の中に手を入れる前に、光輝は自分の指に息を吹きかけ両手を念入りに擦り合わせた。

「浅生さん……冷たくない？」

「うん……」

そんなこと気にしなくていいのに。

また唇が重なってくる。こいつはキスが好きだな。前戯としてのキスだけでなく、ただ唇をふれあわせるだけのキスや、唇で相手の唇を噛むようなのや、とにかくキスしたがる。荒荒しいほどの熱心さで浅生の口内を味わう舌に応じているうちに、酔いと眠気で弛緩していた身体に火が灯る。腹のあたりから欲情が迫《せ》り上がってくる。大きく胸を喘がせると、光輝が突然、息苦しくなったように唇を離した。身体を起こすと慌ただしくセーターとインナーを脱ぎ捨てる。胸板が忙しなく上下している。ぼんやりと見上げる浅生と目が合うと光輝は歯を見せて笑った。こんなときでもさわやかだなと感心する。

「浅生さん……もう外で酔い潰れたりしちゃダメだよ」

「……潰れるほど飲んでない。ただ、ちょっと眠くなって」

「それを酔い潰れるって言うの！　もうそんな色っぽい目で他の男見るの禁止！」

ベッドと浅生の背中の間に腕を差し入れると、浅生の身体を起こさないまま器用にシャツを脱がせる。浅生が腕を上げるとインナーも取り去られて素肌を晒《さら》す。じっと見つめられて肌が竦む。光輝の目に、年上で同性の浅生の身体はどう映っているのだろう。そんなことをいまさら考える。証《あか》しを目の当《ま》たりにしていても、光輝に欲情されている自分がどうにも腑《ふ》に落ちない。

腹から胸元にかけて、ゆっくりと確かめるように撫でながら、光輝がささやく。

「うれしいな」

「……何が」

「最初のときも、この前も、なんか俺ばっかり盛り上がってたでしょ？　浅生さんから誘ってくれたの初めてなんだもん」

「誘ってねえよ」

「もう、素直じゃないなあ」

ちゅっと音を立てて乳首を吸われる。そこへの刺激に弱いことはもうとうに知られている。

「あっ……あ――」

浅生が身悶《みもだ》えている隙に、光輝は浅生のボトムと下着を脚から引き抜く。窮屈さを感じ始めていた場所が解放されて、浅生は小さく声を上げた。一秒を惜しむように光輝が重なってくる。

「んん、あ……」

さっきから俺ばかり声を出している。いいように翻弄されている。最初の晩からそうだったのに、無性に恥ずかしくなった。光輝を押しのけて起き上がろうとしたが、光輝は難無く浅生を押さえ込んでしまう。

「なに、どうしたの？」

鼻先がふれる距離まで顔を寄せてきた光輝が問う。

「浅生さんから誘ってくれて、俺ちょっと……興奮しちゃって」

「誘ってねえって」

いや……たしかに浅生が誘った。抱いてほしいと言葉と態度で伝えた。

「次はお酒抜きでしようね。酔ってないときの浅生さんてどんなふうか知りたい」

「どんなふうって……そんなに変わらない」

はずだ。

「そうかな」

光輝は含みのある言い方をすると、ふたたび探ってくる。

「あ……」

「ここ好き？」

「好き……」

自分で尋ねておいて、浅生が首肯くと光輝は驚いた顔をした。

「ほんとにどうしたの。今日の浅生さん……」

「なんだよ」

「反則。かわいすぎる」

漏れ出そうな声を光輝の唇に吸われるたびに、浅生は深い快楽の淵《ふち》へと落ちていく。

「痛くない？」

「ああ」

「気持ちいい？」

「そんなにすぐによくなるか」

「だんだん気持ちよくなってくるの？」

「……ああ」

「これは？」

浅生が息を詰めると、光輝の指がさらに深く分け入ってくる。耳に唇を押しつけるようにしてささやく。

「今の、よかった？　よくなってきた？」

「いちいち訊くな」

「だって……どんなふうに気持ちよくなるのか知りたい」

「じゃあ体験させてやろうか？」

「え——」

「そういや、前に抱いてとか言ってたな」

「……い、言ったっけ？」

「言ったよ」

にやりと笑ってみせると光輝は怖《お》じけづいたように身を引いたが、すぐに思い詰めた様子で浅生の顔を覗き込む。

「浅生さん俺で勃つ？」

「さあな」

「浅生さんに抱かれるのはすごく気持ちいいだろうな……」

真剣に思案し出した光輝の頬を撫でて気を引くと、浅生は声をひそめた。

「俺は抱かれるほうが好きだけど」

「……さらっと大胆なこと言いますね」

「おまえほどじゃねえよ」

「浅生さん、抱かれるほうが、いいんだ……」

吐息が熱い。

「こんなふうにされたいの？」

「なに興奮してんだよ」

「今興奮しなくていつするっていうんですか」

光輝は視線で浅生を愛撫しながら、息を乱す。

「俺は……抱くほうがいいみたい」

光輝の手が、静かに浅生の膝にふれ、ゆっくりと腿まで撫で上げていく。

「浅生さんの中に入りたい」

脚で光輝の腰を抱き腰を持ち上げて、光輝を迎え入れる。脚を開くとき、なぜかすこし恥ずかしかった。いつもしていることなのに。光輝はもう余計なことは言わない。そんな余裕を無《な》くして闇雲に浅生を求める姿に、浅生も高ぶった。

「ああ……」

このまま永遠に、我を忘れて光輝に抱かれていたかった。

だがそんなわけにはいかないと知っている。

陽の射す場所には永遠なんてありはしない。

永遠があるのは、あの常闇《とこやみ》の世界だけだ。

寝苦しくて目を覚ますと、光輝はまた浅生をくるりと抱きこんだ格好で眠っている。重いし鬱陶しいがあたたかい。光輝は安らかな寝顔をしている。男の膝の上で目を閉じて、何度もドラマの一場面を思い返していた自分の姿が重なる。

光輝は今、浅生を抱きながらどんな夢を見ているのだろう。浅生の室が小さなオアシスだった中学のころか、それとももっと前、父親がいて母親がいて、愛情が失われるものだと知らずにいた子どものころの夢か。

浅生は小さく息をついた。またつまらないことを考えている。

だがこれが最後だ。これで最後だ。

光輝に寄り添うと浅生は目を閉じる。俺はどんな夢を見るだろう。マンションの外廊下に立つ孤独な目をした少年の夢か、それとも鏡の中に映る荒んだ目をした少年の夢か。どちらにしろ――

目が覚めたら、全部終わりだ。

カーテンの隙間から射し込む朝陽が白く輝く帯になってシーツを横断している。結局光輝は一晩中浅生を離さず、抱き枕のまま朝になった。

「おい、そろそろ起きろ。仕事あるんだろ？　何時からだ」

光輝は半分寝ぼけたまま、何度も浅生の身体を抱き直し頬や首筋に鼻先を擦りつける。光輝の感じているだろう甘やかな気分が浅生にも伝わってくる。浅生は光輝の唇に静かに唇をふれさせると、そのまま力任せに光輝を引き剝がす。

「起きろって！」

「――え……あれ、わっ」

光輝は目を覚ましきる前にベッドからずるずると落ちていった。

しばらく何が起こったのかわからない様子できょろきょろしていた光輝が、やっと浅生にベッドから落とされたと気づいて憤慨する。

「もうちょっとやさしく起こしてくれてもいいだろ。キスしてくれるとか！」

「キスされたくらいで目ぇ覚めるのかよ」

「激しいのだったら覚めるよ！」

ぶちぶち言う光輝をうるさいと一喝してシャワーを使わせる。今日は午後から会場のレイアウトの最終チェックがあるという。浅生がキッチンで簡単な朝食を拵《こしら》えておくと、シャワーから出てきた光輝は大袈裟に喜んだ。

「浅生さんに朝ごはん作ってもらえるなんて、こういうの夢だったんだ」

掃き出し窓からの朝陽を浴びた光輝は、眩しいほど清廉だった。光輝は椅子に座ると、いただきますと手を合わせて箸を取る。

「ごはんとみそ汁の朝食っていいね。基本って感じで、なんか元気出る」

うれしそうに言う光輝に、浅生は曖昧《あいまい》な笑みを返す。一汁二菜の食事はネットで見つけたレシピ通りに作ったもので、浅生にとっては何の郷愁もない。

朝食を摂る習慣どころか、子どものころの浅生は朝起きたら顔を洗うということすら知らなかった。出勤前の時間帯は邪魔だから部屋から出てくるなと言い付けられていたからだ。彼らの支度が済むと呼ばれる。どんなに急いで階段を駆け降りても遅いと吐き捨てられた。

着替えだけを済ませランドセルと空腹を抱えた浅生は、もたもたするなと襟首を摑まれて玄関まで引っ張られていく。きちんとスーツを着た両親はドアに施錠すると浅生には一瞥もくれずに駅に向かい、浅生は通学班の集合時間まで道端に座り込む。

夜は両親の帰宅に合わせて潜り込むように自宅に入る。浅生の夕飯は買い置きの食パンと冷蔵庫の中の牛乳だった。火事のもとだからと家電の使用は禁止されている。両親はそれぞれ外で食事を済ませているので、風呂を使い寝るまでの時間、リビングや自室で自分の時間を過ごす。浅生はキッチンで独り、袋から出したパンをそのまま齧《かじ》る。冷たい牛乳を飲むので、よく夜中に腹痛を起こした。

「次は俺にも作らせてね。俺けっこう料理巧いんだよ」

上機嫌な光輝の声にはっと我に返る。

「次はない。もうおしまいだ」

「おしまいって？」

光輝はなかなか浅生の言葉の意味を理解しなかった。

「……俺と別れたいってこと？」

別れるも何も最初からつきあってなどいなかった。

「食べ終わってから話そう」

「食べた気しないよ」

光輝が箸を置き、浅生もそれに倣《なら》った。ぬるめに入れた緑茶を一口飲んでから口を開いた。

「普通は何度もセックスしたらつきあってる気にもなるよな。それは俺が悪い。簡単にやっちまってさ。俺はいい歳して頭も股もゆるゆるなんだよ。会ったばかりの男を平気で室に連れ込んだり……。おまえとも再会したその晩のうちだしな」

「あれは、俺が」

「寂しかったときにちょっと構ってもらって……だからおまえは俺を美化してるんだ。そのうち目が覚める。目の前にいるのが白馬の王子様じゃなくて、ただのだらしない、くだらない男だって気がつく」

気のやさしい光輝はいずれ訪れる自分の心変わりを不誠実だと考えて悩むだろう。別れ話を切り出せない光輝とずるずると関係を続けるのは、きっとひどく惨《みじ》めだろう。

「ほんとならこっちがおねがいする立場だよな。三十路《みそじ》のゲイが若いイケメンにガンガンやってもらえるなんて、大ラッキーだ」

自虐的な言い方に、光輝が眉をひそめる。浅生は自虐のつもりなどなかったが、こういう言い様は光輝のような誠実な男には逆効果だと気づいた。

「おまえはさ、思いがけない再会に舞い上がってるだけなんだよ。大きな仕事も入って不安な気持ちもあって、この再会が運命みたいに思えてる。何にせよ、もう終わりだ。前に言ったよな？　恋人だのなんだの、オママゴトにはつきあいきれない」

光輝の目にあの暗い陰りがよぎる。

「俺もオママゴトしてたんだよ。おまえのためじゃなかった。ただの自己満足だったんだ」

自己満足……それも最悪に中途半端な自慰行為だった。

ズボンを剝ぎ取られて外に追い出された光輝にスウェットを渡したとき、浅生が見ていたのは光輝ではなかった。昔の自分だ。光輝に手を出そうとしたゲスを殴ったのも、光輝のためじゃない。少年時代の自分にそうしてやりたかっただけだ。

「そうだとしても……浅生さんが俺を見ていなかったんだとしても……」

光輝は澄んだ目でまっすぐに浅生を見つめる。

「それでも俺は救われたんだ」

もっとあっさりケリをつけるつもりだったのに、思いがけない愁嘆場《しゅうたんば》になったことに、浅生は居心地の悪さを感じていた。

光輝がそっと目を伏せ、その瞳の陰りも隠れる。

「顔に痣作ってても、母親はもちろん教師も見ないふりだし、本当に、この世にたった独りって気持ちだった。そんなときあなたに出会ったんだ。あなたの室でカメラの話をしている時間はすごく楽しかった。……迷惑がられているのはわかってたんだ。自分が浅生さんの立場だったら、赤の他人の中学生につきまとわれたらきっと、めんどうだと思うだろうし」

俺だって見て見ないふりをした。光輝が殴られていることに気づいていたのに、知らないふりをしていた。

「めんどうだったよ。だから冷たくして追い払った。俺も他の大人と変わらない」

「違うよ。だって、カメラの話してくれたじゃないか。……俺のために怒ってくれたじゃないか」

俺はただ、おまえの頭上に輝く星が羨《うらや》ましかっただけだ。

「あのころ、あなたは俺の太陽だったよ」

浅生は笑った。光輝から見れば顔が引きつっただけだったかもしれないが、笑い声は出せた。

「こっちはそういうオママゴトにうんざりだって言ってんだよ。いい男に育って身体も旨そうだったから調子を合わせてやっただけだ。おまえみたいな若造に気があるなんて思われて恋人面《づら》されるのはごめんだ。ちょっとやさしくしてやればつけあがりやがって――」

はっとして口を噤《つぐ》む。浅生があのときのセリフをそのままなぞったことに、光輝も気づいた。

光輝が立ち上がり、テーブルを回って浅生に歩み寄る。浅生は座ったままだったが、身体を引き緊張を……拒絶を露《あらわ》にした。光輝は手を上げ浅生の頬にふれようとしたが、ためらい、血の気を失いこわばった頰にふれることなく腕を下ろした。だが視線だけはまっすぐに浅生を見つめていた。浅生ももう目を逸らしたりはしない。焼き付けるように光輝を見つめた。

あのころですら、光輝のこんな顔を見たことはなかった。儚《はかな》く消え去るものを見つめるような……。

「俺が中学生に見える？」

もう一人前の男だということくらい知っている。光輝も……そして浅生も、ただ愛を乞い虚《むな》しく足掻《あが》いていた無力な子どもではない。

「よく見て。俺はもう大人で……あのころとは違う気持ちであなたが好きだ」

「そう思ってくれるのはうれしいよ。けどおまえとは、これ以上はつきあえない」

唇が震えそうになり、浅生は口角に力を入れる。

「おまえのことを気遣ってやってるんじゃない。俺がつらいんだ」

光輝のような男を拒絶するには、これが一番効果的なのかもしれない。駆け引きなしの心からの言葉でなければ、光輝はすぐに見抜いてしまうだろう。

「……そんな顔、もうさせたくなかった」

そんな顔？　問いかける言葉がうまく声にならない。

「泣きそうな顔。あのときみたいな」

「あの……とき……」

「雪の日、嫌な目をした男の車に浅生さんが乗って……」

光輝は語尾を濁す。ああ……そういえば雪が降っていた。あの日の染み入るような寒さと胸に渦巻いた感覚を思い出す。

光なんてどこにもない。

「俺に来るなって叫んだとき、浅生さん、すごく必死で、泣きそうな顔になってた」

「つまらないこといつまでも覚えてるんだな」

「浅生さんのこと好きなんだって、あのとき気づいた」

顔を背けてしまいそうになって、ぐっとこらえる。

「好きだった人に再会して、また好きになるのって、いけないことかな」

浅生には返事のしようがない。

「ずっと、はやく大人になりたくてたまらなかった。だけどあのときほど悔しかったことはなかった。なのに俺はまた……浅生さんに哀《かな》しい顔させちゃったね」

「おまえのせいじゃない」

即座に否定したが光輝の表情は変わらなかった。意外に長い睫《まつげ》が光って、浅生は慌てた。

「でかい図体《ずうたい》して泣くなよ」

「図体関係ないじゃん」

「――まあ……それは、そうだな。……そうなんだけどさ」

おまえが泣くのを見たくない。

「俺が泣くと浅生さんも悲しい気持ちになっちゃう？」

泣きべそをかきながら、光輝はいたずらっぽい目をして笑った。

「だったらもう泣かないけど」

浅生は手を伸ばすと、光輝の頬を指でぐいと拭いた。

「そうだよ。だから泣くな」

光輝はびっくりした顔をしている。だが茶化されているわけではないとわかると、子ども扱いされていると思ったのか複雑な表情になった。

「俺……あのころは子どもで……ほんとに子どもで、ちゃんと言えなかった。けどずっと言いたかった」

わざわざそんなことをする必要などないほど姿勢がいいのに、光輝は背筋を伸ばすと、ゆっくり口を開いた。

「浅生さんは俺の大切な人です。だからおねがいします。浅生さんも自分を大切にしてください」

（いつでも相手してやるよ。出し惜しみするほどの身体でもないしな）

大切にするとか粗末に扱うとか、そんな観点で自分を見たことがなかった。河原にうんざりするほど転がっている石を手渡され、「大切にしたほうがいい」と言われてもピンとこないのと同じだ。

（出し惜しみするほど大切にしてきた身体じゃないだろ）

菰田……浅生と同じ深海に棲《す》む男。狂気だけを映した瞳《ひとみ》と鋭い牙《きば》を持つ男。あの男は今頃

どうしているだろう。彼の世界は今も暗く冷たいのだろうか。

「ずっと言いたくて、だからずっと会いたかった。なのに会ったその日に……あんなことしちゃって、また言えなくなっちゃって、バカだね俺」

浅生の表情から何か読み取ったのだろう、光輝は言い足す。

「誤解しないで。俺後悔してないよ。反省はしたけどね、後悔はしてない」

「……気まぐれにつきあわせて、悪かったと思ってる」

けど……無理なんだ。最後は掠れて、浅生自身の耳にもほとんど届かない。けど光輝には届いたようだった。泣きそうな顔で微笑《ほほえ》んだ。朝ごはんごちそうさまと、ほとんど手をつけなかったくせに律義に頭を下げて、光輝は出ていった。

これで終わり。

やっと終わった。

光輝は完全には納得していなかったようだが、それでも浅生が彼を受け入れる気はないのだと理解してくれた。

浅生は崩れるように椅子の背もたれに身体を預けて目を閉じた。永いことそうしていた。

12

孤独に暗く沈んだ瞳の奥に澄んだ光を持つ少年。頭上に輝く星を戴《いただ》いていた少年。踏みつけ投げ捨てるようにして振り払った少年を、ふたたび傷つけた。十年前と同じパターンだ。半端に甘い顔をして期待させてから突き落とす。

あれ以来光輝からの連絡は途絶えた。個展は先週から始まっていて、評判は上々らしい。これでよかったんだと安堵しているはずなのに、「俺が中学生に見える？」と言った光輝の表情が頭から離れない。

十年前、光輝がカメラストラップを残していってから二週間が過ぎたころ、浅生は室の前で光輝の母親と行き会った。ベランダから声が聞こえてくることはあったが会うのは初めてだった。浅生の視線に気づくと女は怪訝そうに眉をひそめたのを覚えている。目元が光輝に似ているのに気づいて、なんともいえない嫌な気分になった。そしてふと、この二週間光輝の姿を見ないのは、浅生の言葉に従ったのではなく、会いに来られない状況にあるのではないかと考えた。

「あのさぁ」と、ことさら無作法に話しかけると、女は警戒の表情を浮かべて身構える。

「光輝どうしてる？」

女はむっつりと黙りこんでいる。

「あんたの旦那が裸でほっぽり出してたあんたのガキは元気かって訊いてんの」

挑発する口調で畳み掛けると、女は気分を害したようだった。

「あなた、どちらさま？」

「誰だっていいだろ。なんだよ、殺して埋めたか」

「失礼な」

「んじゃ警察呼んで調べてもらおうか」

浅生が携帯を取り出すと、女はこの春から光輝は父方の祖父母のもとで暮らすことになったと話した。もともと全寮制の高校に入れるつもりだったが受験に失敗し、祖父母の住む町の高校に行くことになったのだと言う。

自分の産んだ子どもを捨てたのか。口には出さなかったが、女に向けた視線は雄弁に語っていたらしい。女は怒りに顔を紅潮させた。図星を指されてなぜ怒るのか。

女より先に、浅生は室に戻った。玄関に置きっぱなしになっていた手提げ袋が目に止まる。別れのプレゼントだったのか。餞別《せんべつ》やるのはこっちなのに。

(週末の夜に来るなんて、気の利かないガキだな)

ひどい餞別もあったもんだ。

あのマンションにそれから浅生は二年住み、三年目の春に引っ越した。

気がつくと光輝のことを考えている。いや、考えているというより、ただ光輝を思っていた。隣の久坂はいつものようにノートパソコンで原稿を仕上げている。「新温泉紀行」の取材の帰りの車内だった。雪見露天が名物の旅館だったが今年は暖冬で、きのう今日も快晴だった。降らないものはしかたない。雪なしでも見栄えのするカットを何枚か撮影した。

車内販売がやってきて、久坂が「おなか空《す》きませんか」と言いながらパソコンを閉じた。そうですねと応じて、海辺の駅の名物弁当とお茶を買う。本当はすこしも空腹を感じてはいなかったが、最近ずっとそうなので気にせずに食べる。

鮭イクラ弁当を食べる久坂の箸使いは美しい。高校一年の春、夏希と初めて会話を交わしたのは昼休みだった。しゃべりながらだらだらと、あるいは一心不乱に食べている生徒たちの中で背筋を伸ばして優雅に箸を使う夏希の姿が目についた。

「なー、それ、中指どうなってんの？」

食べかけのパンを片手にいきなりぶらりとやってきた浅生の問いに、夏希は静かに視線を上げた。周囲の生徒が引いているのがわかる。浅生は素行の悪い生徒だったし、中年の女や……ときには男の相手をして金を稼いでいると噂されていた。今は年齢を偽って夜の店でウエイター兼ホストのようなバイトをしているだけなのだが、似たようなことをしていた時期があるのも事実だ。

「中指は、親指と人差し指と一緒に上の箸を支えている」

「へえ。こんなん？」

浅生が手つきを真似て見せると、すこし違うと言い、箸を置いて浅生の指の位置を直した。

夏希は浅生とは逆の意味で周囲から浮いた生徒だった。総合病院の跡取り息子で、周囲から聞こえる声によると、中学は有名な中高一貫校に通っていたという。だがそのレールを突然下りて、学業スポーツともになんの目立つところもない、真ん中よりやや下ランクのこの高校に乗り換えた。どういった心境だったのか、昼食を一緒に摂るのが日常になったころふと尋ねてみると、夏希はさらりと「反抗期だからかな」と言い、ずいぶん冷静な反抗期だと浅生は感心したものだ。

「朝から元気ないですね」

久坂の声にはっとして、浅生はいつもの軽薄な表情に戻る。

「二日酔いかも。温泉入るとつい飲みすぎちゃうから」

あははと笑ってごまかそうとしたが、久坂は受け流してはくれなかった。

「鮎川くんとケンカでもしましたか」

浅生が渋い顔を作ると、久坂はおっとりと微笑んだ。

「来週にでもまた鍋しましょうか。鮎川くんも誘ってくださいよ。夏希は彼のこと気に入ったみたいなんです。鮎川くんはマコとの将来についてちゃんと考えているんだろうかなんて言ってましたよ」

「何それ。あいつは俺の父親ですか」

笑い飛ばそうとした声が掠れて、浅生は咳払《せきばら》いでごまかした。

「今忙しいと思うけど」

「ああ、写真展、先週から始まってるんですよね。でも夜は空いてるんでしょ？」

久坂はそうそうと今思い出したように鞄《かばん》を探り、チケットを浅生に差し出す。光輝の名が書かれている。

「自分が渡しても受け取ってくれないだろうからって。かわいいじゃないですか」

ためらう浅生の手にチケットを押し付けると、久坂は何事もなかったように食事を再開する。その気遣いをありがたいなと素直に思う。夏希もそうだ。出会った高校時代の浅生は生意気でいつも苛立っており、我ながら嫌なやつだった。自堕落な生活ぶりは生真面目な夏希には受け入れ難かっただろう。あんなに根気よくつきあってくれたのは、同じ性指向を持つよしみだったのか。何にせよ浅生には過ぎた友だ。

写真展に行くつもりはなかった。光輝の作品を見たい気持ちはあったが、きっと取材だスポンサーへのあいさつだと光輝は会場に詰めていることが多いだろう。顔を合わせるのは気まずい。光輝からの連絡はないままで、

（俺はもう大人で……あのころとは違う気持ちであなたが好きだ）

ああは言ったものの脈なしとあきらめてくれたのだと思う。だからまた会って光輝の心を乱したくない。乱されたくない。

浅生は頭の中であれこれ言い訳を捻り出している自分に苦笑し、会いたいと思っていることを認めざるを得なかった。会いたい。だが会わないほうがいい。そのていどの分別はある。

（俺が中学生に見える？）

夜になると痛みが訪れるが、寝酒を増やせば解決した。今の光輝は浅生よりずっと大人だ。だからこそ光輝は新しい恋をしたほうがいい。そのほうがしあわせになれる。しあわせになってほしい。誰よりもしあわせになってほしい。そう祈ること以外、浅生にできることはない。

取材にスタジオ撮影、これからの季節はロケが増える。日々の仕事をいつものようにこなしていれば、いつかは忘れられる。あんな別れ方をしたのに再会するまで光輝のことをあらためて考えることがなかったように。

スタジオでの仕事中、機材の不具合で思わぬ待機時間ができた。スタジオの敷地内をうろつくだけなのにカメラを持って出たのは、以前光輝の横顔に見惚《みと》れてからの習慣だ。木漏《こも》れ陽《び》の中で伸びているブサイクな野良猫を撮っていると、「お、真琴だ」と声がした。加納《かのう》だった。浅生が彼と出会ったのは十五のときで、加納は四十路《よそじ》だった。ということは現在は五十五のはずなのだが、相変わらず髪を金色に染め妙な模様のセーターを着て軽薄そのものという感じだ。同業なのでこんなふうに顔を合わせることがたまにあるのだが、浅生にとってはあまり話し込みたくない相手だった。

「おまえが仕事以外で撮るなんてめずらしいな」

「名前で呼ばないでください」

「何言ってる。俺とおまえの仲で」

話し込みたくない相手ではあるし、年に一度会うかどうかなのに、会えばきのうの続きのように自然に会話できる。

「そういうこと言ってると、デキてるって噂されますよ」

「その噂は聞いた。おまえが俺んとこ辞めたころだったかな」

浅生が加納の愛人であり、別れ話の縺《もつ》れから独立したのだという話が一部でささやかれていたという。

「何その愛憎劇。……奥さん大丈夫だった？」

「帰るなり正座させられた。玄関の三和土《たたき》に」

浅生が言葉を失っていると、加納は言い訳のように付け足した。

「でも信じてるって言ってたぞ」

「信じてるのに三和土に正座なんですか」

「俺の嫁さんは照れ屋なんだ。おまえに似てるかもな」

突拍子もないことを言い出す加納に、浅生は呆れた。

「自分で言うのも何ですがね、俺は照れだの恥じらいだのとは無縁の人間ですよ」

「いいや、真琴はけっこう照れ屋だよ」

加納は自信たっぷりに断言する。

「名前で呼ぶのやめてくださいってば……」

勢いがなくなってしまう。まさか本当にそんな噂が流れているとは知らなかった。

「なんか火種《ひだね》持ちこんじゃって、すみませんでした」

「なんでおまえが謝るんだ」

「なんでって言われても」

「……まさか、おまえが噂の黒幕で俺を離婚させて後釜《あとがま》狙ってたんじゃあるまいな」

「図々《ずうずう》しいおっさんだな。誰があんたの後妻の座なんか狙うか！」

浅生がいつもの調子を取り戻すと、加納は口ひげを撫でつけながらハッハッと声を上げて笑った。

「どうしたんですか、そのひげ」

「どうしたもこうしたも、蓄えたんだよ。似合う？」

「全然」

「かろうじて敬語になったってだけで相変わらず口は悪いままだな」

そういえばそうだった。親子ほど歳《とし》が離れている上に雇用主だというのに、浅生はタメ口を通していた。自分か加納の立場だったらぶん殴ってクビにしている。浅生は加納の寛容さにあらためて感謝した。

加納に出会わなければ、俺は今頃どうなっていたんだろう。きっと夜の街の片隅で、捻《ひね》くれ荒んだままどこまでも堕《お》ちていった。それはそれで俺らしいと思う。今の自分のほうが意外なくらいだ。加納のおかげで、ささやかながらも陽の射すところに自分の居場所を作ることができた。仕事に対するやりがいや自信、信頼。動物のように生きていたあのころは知らなかった充実感や人間関係が、浅生の人生を変えてくれた。

(俺はさ、格好つけたいんだ。俺は俺が思う格好いい男でいたいんだ)

「加納さん……」

あんたはすごく格好いい男で、格好いい大人だよ。

「ん?」

「俺ね、あのころあなたのこと好きだったよ」

「……へえ」

驚いたような顔をしたが、加納は浅生の不器用な初恋などお見通しだったはずだ。自覚すらできないまま終わった恋だが、これでよかったのだと思う。もし叶《かな》えば、きっと加納に幻滅していただろう。カメラマンという仕事への興味まで失ってしまったかもしれない。同情よりも愛情よりも確かなものを、加納は与えてくれた。

「だった……ってことは、今は違うんだ？」

からかうように尋ねてくる加納に、浅生は片頬で笑みを返す。

「そうらしいね」

加納のアシスタントらしい若い男がやってきて、モデルが到着したと知らせる。あいさつして立ち去ろうとすると、今度飲みに行こうと言われた。「加納さん酒癖悪いからヤダよ」と答えると、加納は「まったくかわいくねーな」と笑う。

「彼氏どんなのよ？　今度連れて来い。俺が見定めてやる」

「見定めるってナニ？」

「おまえはヘンなのとばかりつるんでるからな。人生経験豊富な俺の目でちゃんとした男か確かめてやる。けどなあ、あんまりいいヤツ過ぎるのも、今度はそいつがかわいそうになるしな」

加納がにやつく。

「俺みたいなのに捕まって？」

浅生も軽く返した後、ふと続けた。

「……中学生だったらどうします？」

「公序良俗に反するのはちょっとな」

さすがに面食らった様子の加納に、二十五だったらと重ねて問う。

「なんだよ、若い恋人自慢か。ムカつくヤツだな」

「べつに自慢してねーよ。恋人でもねえし」

「お、手ぇ出してないのか。プラトニックだな、純愛だな」

おもしろがっている口調だ。

「俺が手出さないわけないでしょ」

「まあとにかく一度連れて来い」

「嫌ですってば。そろそろ行かないとまずいんじゃないですか」

「そういやそうだ。今度うちに来いよ。その二十五歳も連れて来い。肉食わせてやるぞ肉」

「もう肉に釣られる歳じゃねえっての」

アシスタントに急《せ》かされ小走りで去っていく加納の後ろ姿を見送ると、浅生は深く頭を下げた。

陽の射す居場所を手に入れても、最後に還《かえ》るのはあの常闇の世界なのだという思いを消すことはできなかった。たぶん……一生消えることはないだろう。それでも夏希という友人を得、師と呼べる人にも出会えた。

俺の上にも星は輝き、道を照らしてくれていた。

(今は見えなくても、ちゃんとあるんだよ)

俺は人に恵まれた。
自分が何かに恵まれているなどと、考えたこともなかった。
だが今なら素直にそう思える。

13

オフを利用して二日ほど留守にして、地元駅に降りたのは午後遅くだった。駅からタクシーを拾い光輝の個展会場へと向かったのは、衝動というより勢いに近かった。タクシーの座席に収まると、せめて光輝が会場にいるかチェックしておこうかとコートのポケットに手を入れたが、携帯を指先でなぞっただけで、ポケットから出すことすらできなかった。

流れる景色を見ているうちにだんだん落ちつかなくなってくる。胸がもやもや……いや、うずうずする。ゆうべ飲み過ぎたか。タクシーが桜の並木道に入ると、浅生は運転手に声をかけて下車した。景色が動かなくなってほっとする。あのままっすぐに会場に着いてしまうのは……なんだか急すぎる。もうすこし時間が欲しい。光輝がいると決まったわけではないのにバカみたいだと思ったが、とにかく時間が欲しい。浅生は大きく深呼吸すると歩きだした。

いい天気で、どこからか花の香がする。だが桜が咲くにはまだはやく、枝についた無数のつぼみはまだ眠っている。開花すれば美しい景色になるだろう。光輝が嬉々《きき》として撮り回る姿が目に浮かぶ。浅生は微笑み、だがそれはすぐに消えた。個展は今週末までで、終わればすぐに北海道に発《た》つと話していた。こちらで桜を見ることはないだろう。

今度も光輝は桜を待たずに浅生の前から去っていく。

足取りが重くなる。去っていくなんて、ずいぶんと恨《うら》みがましい言い草だ。十年前も今も、拒絶したのは浅生のほうなのに。

とうとう足が止まってしまい、浅生は途方に暮れた。

どこかにベンチでもないかと見回すと、夏希と久坂が歩いてくる。浅生の進行方向、個展会場のほうからだ。春を間近にしたうららかな午後、ただ並んで歩いているだけなのに、二人の間にあたたかいものが通いあっているのがわかる。二人の手がふとふれあい、そのまま軽く握りあってすぐに離れる。ちょっとしたいたずらでもしたように目を見交わす。

こりゃあ、すぐ横を通っても気づかれないだろうなと浅生が思っていると、タイミングよく夏希がこちらを見た。その視線を追って、久坂も浅生に気づく。

「鮎川くんのところですか」

「ええ、まあ」

僕たち今帰りなんですと久坂が話す。

「一緒にどうかと思って、電話したんですよ」

「すみません。ちょっと出掛けてて、電源切ってた」

けど切っておいてよかったと、浅生は人の悪い笑みを浮かべる。

「デートの邪魔しちゃ悪いですから」

「そんなこと」

いつも穏やかで笑顔も多い久坂だが、夏希といるときの笑顔が一番柔らかい。その隣で夏希は相変わらず難しい顔をしており、言うことにも容赦《ようしゃ》がない。

「たしかに邪魔だな」

「真顔で言うなよ」

夏希とのつきあいは人生の半分近い。いかつい顔はいつも厳しい表情を浮かべているが、久坂といるときはわずかに口元が緩んでいるのがわかるのは、久坂の他は浅生だけだろう。

「いいね、相変わらずラブラブでさ。五年も顔つき合わせて飽きない？」

憎まれ口を叩く浅生に、飽きる飽きないというものではないだろうと夏希が返す。

「うらやましいのか」

「だから真顔で言うな」

遠慮のないやりとりを微笑んで見ていた久坂が、話題を戻す。

「鮎川くんの人柄が出ていて、とてもいい個展でしたよ。リビングに飾ろうと思ってポスタ

「――買っちゃいました」

「そうですか……」

そう応えたとき、浅生は自分がどんな表情を浮かべていたのか意識していなかった。ただ夏希が、すこし驚いたように浅生を見て、それからゆっくりと口を開いた。

「収まるところに収まりそうだな」

夏希の言葉に、浅生は苦い笑みを返す。

「収まるところなんてあるかよ」

「同じことを望んでいるなら、時間はかかっても収まるところにちゃんと収まります」

静かにそう言ったのは久坂だった。夏希が続ける。

「桜が咲いたら花見をしよう。四人で」

浅生は答えず、口元だけで微笑むと歩き出した。

チケットを渡し広々した会場に入ると、休日だからかカップルが目立つ。家族連れもちらほらといた。盛況だ。関係者らしい人間が固まっているのが見えたが光輝の姿はなく、浅生は落ちついて作品を鑑賞できた。展示は光輝が得意としている長時間露光を使って風の動きを捉えた作品や、多重露光で撮られた幻想的な作品がメインになっているが、山村の風景を写した素朴な写真もあり、写真家鮎川光輝のすべてを楽しめる作りになっている。一点一点作品を見て歩いていると、他の来場者がささやき交わす「きれい」「この写真すてきだね」

という言葉が聞こえてくる。まるで我が事のように誇らしい気持ちになった。

個展に合わせて発売になった写真集を買って、会場を出た。

駅ではなくあの公園に足を向ける。光輝と並んでベンチに座ってコーヒーを飲んだ、あの公園だ。光輝が腹這いになっていたあたりの自販機で同じコーヒーを買い、ベンチに座ろうとして、薄紅色の花の咲く木に気づいた。近づいてみると、たしかに桜だ。公園の隅にぽつんと植えられた、まだひょろひょろと細い若木で、花もまばらだった。それにしても気のはやい。今朝チェックアウトした温泉の雪景色を思い出しながら、コーヒーを飲み冷たい風に揺れる花を見上げる。陽射しはたしかに春めいてはいるが風はまだ冬の冷たさで、日陰にじっとしていると身震いがくる。

そうか……独りだから、咲くタイミングがわからなかったのか。

「バカだな」

冷たい風にふるふると揺らぐ開きたての花びらは、いかにも頼りない風情だ。だが柔らかな陽射しを透かして淡く光るその姿の中に、浅生は力強さを感じた。

加納と話した後、ふと、先週訪れた旅館の景色がよみがえった。雪見露天が名物の旅館だったのに、雪景色が撮れなかった取材先だ。旅館の建物からすこし離れた場所に木立があり、枝振りにそそられたが、物寂しい景色で温泉宿の紹介に添えるには不向きだったからカメラは向けなかった。雪化粧された木立はきっと美しいだろう。旅館の番号はまだ携帯に入れたままで、問い合わせてみると、前日から降り出した雪であたりは銀世界になっているという。この冬最後の雪になるだろう。二泊の予約を入れながらバッグに着替えを詰め、通話を切ったときには室を出ていた。

暖冬の終わりにふいに来た大寒波に温泉は盛況だったが地元客ばかりで、宿は静かなものだった。だからこそほとんど飛び込みで部屋が取れたのだろう。

昼は外をぶらつき気が向けばカメラを構え、身体が冷えたら温泉であたためる。夜は食事を済ませ皿を下げてもらうと、あとは熱燗《あつかん》をちびちびとやりながら、持参したノートパソコンで写真の出来をチェックする。光輝だったらどう撮るだろう。そんなことを考えながら、蜜色に光るまろやかな酒を飲む。あたりがしんとしているのは客がすくないからだけではない。雪が音を吸い込んで、耳の奥で潮騒が聞こえるほどの静けさだ。気がつけば浅生も静けさの一部となっていた。

窓の外には満月。月光は冴《さ》え冴《ざ》えと澄んで夜空を照らしていたが、あの削られていくような感覚は湧かなかった。電話で光輝の声を聞いた夜を、光輝に背負われた夜を思い出していた。十年前のように距離を置けば忘れられる。この喪失感もいつか浅生と同化してしまう。そう思っていたのに、いつも頭の……身体のどこかに光輝のことがある。そしてそれを心地よく感じている。ふしぎなほど穏やかだった。

久しぶりに夢も見ないほど深く眠った。そうやって二日過ごして最寄り駅まで帰りつくと、自宅ではなく光輝の個展会場に向かっていた。

「しまった……」

と情けない声がして、振り返ると光輝が立っていた。走ってきたのか息が荒く、鼻の頭が赤くなっている。スーツの上にシンプルなロングコートを着ていた。着慣れていないのが一目でわかるスーツは、それでもよく似合っていた。

「カメラ忘れた」

「撮るなら向こうの並木のが咲いてからでいいだろ」

心底がっかりした様子を見て浅生が言うと、光輝は肩を落としたまま答える。

「桜見てた浅生さんを撮りたかった」

あまりの落胆ぶりに思わず笑ってしまう。

「ほんと、好きだねえ」

カメラ小僧めと続ける前に、光輝は笑顔で答えた。

「うん。大好き」

……主語が違う気がするが、追及はしないでおこう。

「久しぶり……」

あらためて、光輝が浅生を見つめる。その視線を浅生もまっすぐに受け止めた。光輝をとりまく心地よい空気に搦《から》め捕《と》られたように動けない。冷たい言葉を返されると思っていたのか身構えた様子だった光輝は、浅生にそんな気がないのを察すると拍子抜けしたような顔をする。

「スーツ似合ってるな」

ストレートな褒め言葉に光輝はきょとんとして、それから赤面した。

「なんでこんなとこにいるんだ」

「さっき会場で浅生さん見つけて、黙って抜け出すわけにはいかないからいろいろあいさつとかしてたら見失っちゃって」

もしかしたら……とここに寄ったのだという。瞬《まばた》きを忘れたように一心に浅生を見つめながら話していた光輝が、ふと表情を曇らせる。

「……何かあった？」

なんだってこいつは——

「おまえはエスパーか」

「浅生さん限定のね。……何かあったの」

「何もないよ」

「どこか行ってたの？」

浅生のバッグに目を止めて言う。

「温泉入ってきた」

「温泉……ああ、雑誌の取材ですか」

「いや、プライベート。雪見ながら露天で熱燗」

「いいなあ。俺なんて毎日あいさつとインタビューと撮影だよ。自分が撮るのは楽しいけど撮られるのは疲れる」

「贅沢な悩みだな」

「わかってるよ」

光輝はふてくされる。中学のころの光輝はこんな表情は見せなかった。

光輝を前にして、胸を騒がせていたのが二日酔いではないとわかった。胸の中でうずうずとしていたものが、光輝を見た瞬間にぴたりと静まった。代わりにうるさいほど鼓動が激しくはやくなっている。

浅生がベンチに向かうと光輝も後に続いた。並んで座る。普段の勢いのない浅生に光輝は戸惑っているようだったがどうしようもなかった。どうしようもなく疲れていた。だが永遠の満月に晒されていたころの重苦しい疲れではない。思いきり走った後のような爽快な疲労だった。

「チケットありがとな」

沈黙が続くので浅生から水を向けると、光輝はぽつりぽつりと個展の話をし、浅生はその声に心地よく聞き入った。個展の成功で出版社も代理店も機嫌が良く、光輝は毎晩のように打ち合わせと称してあちこち連れ回されているらしい。しかし光輝のほうは成功を喜んではいるものの浮ついた様子はなく、開催期間も終盤を迎え北海道に発つ準備を始めているそうだ。

「そういえば浅生さん、仕事で毎月行ってるのに、どうしてわざわざ温泉に？」

「なんとなく」

本当に、なんとなくとしか答えようがない。

「撮ってきた？」

浅生が首肯くと、光輝は子どものように目を輝かせる。同好の士を見つけたという顔だ。見せてとねだられてカメラを渡す。小さな画面に表示された画像を光輝は熱心に見つめる。今度は写真家の顔になる。

「いいね。プリントしたら見せてよ」

「ああ」

こんなふうに写真を楽しめるようになったのはおまえのおかげだよ。ありがとうと言いたかったのだが、なかなか口には出せない。

「旅行の間、俺のこと考えた？」

「全然」

素《そ》っ気《け》ない返事に、やっぱりなと光輝は苦笑する。

「久坂さんが言うみたいにはいかないよね」

「久坂さん？」

光輝からの連絡がパタリと途絶えたのは、忙しさのせいでも浅生をあきらめたわけでもなく久坂の入れ知恵だったと聞いて、浅生は驚いた。

「そうしたら、浅生さんのほうから連絡くれるか、会いに来てくれるかもって」

光輝は叱《しか》られる前の犬のような顔をしている。久坂はこうも言ったのだそうだ。

「駆け引きなんて、なんだかゲームみたいで不誠実に思えるかもしれないけど、相手のことをよく見てよく考えて、何に心を動かすのかに集中しないとできないことだろ？　浅生さんも悪い気はしないと思うけどね」

……久坂さんめ。見かけによらず曲者《くせもの》だと、浅生は舌を巻いた。

「怒った？」

「いや。……まんまと罠《わな》にはまったわけか」

「俺に会いに来てくれたの」

「個展見に来たんだよ。チケットもらったしな」

一心に浅生に視線を注いできた光輝が、ふと空を仰ぐ。澄み渡った空は冬の色で、陽射しは甘い金色だ。冬と春の端境《はざかい》の、ほんの一時だけ見られる絶妙な色合い。

「……会いたかった」

絞り出すように光輝は言う。

「ほんとうは会いに行きたかった。けど、またあんな顔させてしまったらと思ったら、どうしても行けなくて……。久坂さんの言葉は口実です」

代わりに毎日ここに来ていましたと、光輝はぎこちない笑顔を作る。

「浅生さんとのデートを反芻《はんすう》してました」

「反芻って、牛かよ」

俺も……毎日光輝のことを思っていた。

「ねえ、浅生さん」

小さな子に言い聞かせるように、光輝はゆっくりと言った。

「あのころ、浅生さんは怖くてぶっきらぼうで、でもやさしい人だと思ってた」

やさしくなんてない。もうわかっただろ？

浅生の返事などお見通しのように、光輝は微笑む。

「こんなにかわいい人だなんて知らなかったよ」

十五だったころ、浅生は子どもでいたくなかった。いや……子どもではいられなかった。

だからなのか、光輝にはいつまでも子どもでいてほしかった。いつまでも。

(俺はまた……浅生さんに哀しい顔させちゃったね)

あんな目をするほど、光輝はもう大人なのに。

目の前にいるのは、まだ若いが大人の男で、真剣な目をして浅生を見つめている。

わかっているわかっていると何度も自分に言い聞かせてきた。光輝はもう子どもではない。なのにそれは上辺《うわべ》だけの認識で、本当に理解してはいなかった。

それを唐突に理解した。

まるで霧が晴れたようだった。

星が浅生の見つめる道を照らしてくれている。

光輝は昔の俺ではない。

光輝は居場所を求めて俺に縋っているわけではない。

ただ……恋をしている。

光輝は俺に恋していて、俺は——

「俺は……」

「どうしたの？」

浅生はまじまじと光輝を見つめた。浅生より背が高い。体格もいい。顔にはまだ少年のあどけなさが残っているが、それが精悍《せいかん》な顔立ちに甘い雰囲気を足していっそう彼を魅力的にしていた。若くて、堂々としていて、感じのいい青年。甘えるのが上手《じょうず》で、でも嘘をつくのは下手《へた》だ。おおらかだが繊細なところがあって、笑うと子どもっぽい顔になる。

俺もこの男に恋している。

「ねえ、何？　そんなに見られたら照れる」

本当に赤面して、光輝は照れ隠しのように立ち上がった。すぐに座り直す。貧乏揺すりでも始めるように膝を二回ほど上下させて、だがそれ以上脚を動かすことはなかった。代わりに口を開く。

「あのさ……あの、こういうのはどうかな。あと五年したら俺だって三十だろ。そのころにはたぶんもっと落ちついてると思うんだ。浅生さん好みのいい男になってるかもしれない。だから、五年保留にしてくれないかな。五年経っても俺が――」

「俺といてもいいことないぞ」

言い募るのを遮られた光輝が、澄んだ目を向けてくる。

「いいことって？　浅生さんが俺のこと好きになってくれたら、それ以上いいことなんてないよ」

「これからどんどん名前が売れて、かわいい女の子がよりどりみどりになるのに」

「……俺は、浅生さんがいい」

「頑固だな」

浅生が片方の頬を上げると、光輝も唇だけで微笑んだ。

別の恋をしたほうが光輝はしあわせになれる。そう思う気持ちに変わりはない。きちんと終わらせてやろうと思っていたのに、心が揺らぐ。これが恋というものか。それとも自制心が足りないだけなのか。経験がないからわからない。加納への淡い初恋は、実らなかったからこそ別の実をつけた。同じように、光輝への気持ちも実らないほうがきっといい。

だが心のどこかでわかっている。もう後戻りはできない、なかったことにはできない。憎しみと孤独の他に、こんなにもつよく激しい感情が存在することを、浅生は知らなかった。

「五年もいらない」

声は震え吐息に紛れた。だが光輝には届いたようだった。そのことに勇気づけられて、浅生は短く息をつき、呼吸を整える。

箸の使い方、鉛筆の持ち方、身だしなみやあいさつ。何も知らなかった。だから必死で覚えた。素行の悪さに眉をひそめられるのは構わない。それは浅生が選択し行動したことに対する評価だったからだ。だが「育ちが悪い」「親の顔が見たい」、そんな哀れみ混じりの目で見られるのは我慢ならなかった。怒りにも似た感情の中に隠された本心を、浅生自身気づいていなかった。

けれど今ならわかる。愛されなかった痕跡《こんせき》を、自分の中に残していたくなかった。誰からも愛されず顧みられなかった子どもだということを、誰にも知られたくなかった。

なのに……まだ残っていたんだな。

愛されなかったから愛せない。

愛されなかったから愛さない。

けれどそんな人生はもう終わりにしたい。

光輝がそう思わせてくれた。

光輝を愛したい。光輝に愛されたい。

(浅生さんも自分を大切にしてください)

俺は……この気持ちを大切にしてもいいのかな。

不安よりためらいよりもつよく大きな感情に、浅生は従った。

「今まで寝た男の中で、おまえが一番いい男だよ」

14

室に入るなり、光輝はこらえきれないように浅生を抱き寄せた。

「こら、いきなりかよ」

思わず押しのけてしまう。半分以上は照れだったが、光輝は「ごめん」と呟いておとなしく離れた。浅生は逃げるようにリビングに向かい、光輝はゆっくりとついてきた。

「何か飲むか」

「いらない」

それより、こっち来て。そっと呼ばれて、浅生は光輝の座ったソファの隣に腰を下ろす。困ったなと思う。こんなとき、どうすればいいのか見当もつかない。ベッドに直行すればよかった。そうすれば、後は慣れたことをするだけだ。

「……手、握ってもいい？」

光輝はおずおずと浅生の手を取り、掌を合わせる形で握ると、浅生の手の甲に頬を押し当てる。そして深い、震えるような息をついた。

「浅生さん……俺の恋人になってくれるんだよね？　浅生さんは俺の恋人だって、誰に言ってもいいんだよね？」

「……周りに知られたら、仕事やりづらくなるぞ。出版社は写真とおまえをセットで売ろうとしてるみたいだし、男とつきあってるなんて知れたら」

出版社や代理店が作品に光輝自身のルックスを上乗せして売り出そうとしているのは明白だった。光輝が若いイケメンでなかったとしても、光輝の作品は世に出ただろう。光輝の作品には人を惹きつける力がある。醜聞くらいで仕事がなくなるとは思えないが、出版社側は目論《もくろ》みが外れておもしろくないだろう。

「仕事もらえなくなったら、またバイトしながら撮るよ」

まるで楽しむような口調で、光輝は言った。

「バイトして、写真撮って、また個展開く。そうだ、浅生さん一緒にやらない？　合同展しようよ。同じ風景撮ってさ、並べて展示するんだ。さっきの雪景色の写真見て思ったんだけど、俺と浅生さんて被写体へのアプローチが全然違うんだよね。だからきっとおもしろいよ。うん、絶対おもしろい。やろうよ」

「そうだな、おもしろそうだな」

誘ったものの首肯くとは思っていなかったらしい。光輝の唇になんとも言えないしあわせそうな笑みが浮かぶ。その笑顔が自分に向けられたものだと思うと胸が熱くなる。浅生のほうが辛抱できなくなって、顔を寄せると唇を重ねた。とたんに猛烈にいたたまれなくなった。すぐに身を引く。光輝が追ってきた。また唇が重なる。肩を抱かれて、もう逃げられない。こんなに恥ずかしいキスは初めてだった。どきどきしてどうしようもない。息の継ぎ方が思い出せない。

「浅生さん……」

繰り返すキスの合間に、光輝がささやく。

「浅生さん」

声が身体の奥深くまで浸透して、浅生は声もなく喘いだ。

やっと唇が離れて、浅生は息をつく。だが光輝に至近距離で食いいるように見つめられて、いつまでも呼吸が整わない。握ったままの手を、光輝はきつく握り直した。

「ベッドに行こう」

やさしく抱き寄せられて、浅生は光輝の肩口に顔を埋《うず》めた。

ベッドに入ればいつものペースを取り戻せるだろうと浅生はぼうっとした頭で考えていたが、それは大間違いだった。促《うなが》されるままベッドの端に腰掛けて、そのまま横たえられる。浅生はされるがままになって、ただ天井を背景にした光輝を見つめた。初夜の花嫁だってこれほどデクノボウではあるまい。

光輝の手が浅生のシャツにかかり、ボタンを外し始める。

「自分で……」

やっとそれだけ言えた。光輝は浅生から離れると、手を引いて起こしてくれた。ベッドに膝立ちになって服を脱ぐ光輝を横目で見ながら、浅生もいつの間にか顎《あご》の下までまくりあげられていたアウターを脱ぎシャツのボタンを外す。だがすぐに指が止まる。

公園で浅生を揺らしていたためらいが、そのときとは比べものにならない激しさで浅生の心臓を引き絞っている。

「……きっと、後悔する」

「粘りますね浅生さん」

光輝は脱ぎかけていたインナーを首から抜くと、ちょっと呆れたような口調で言った。

「後悔なんてしないよって言っても、浅生さんには信じられないんだよね」

光輝はきっと後悔する。それは仕方ない。そういうものだ。光輝が悪いわけではない。だが後悔している光輝を目の当たりにして、俺はきちんと身を引いてやれるだろうか。光輝が去ったあと、それまでと変わらず生きていけるだろうか。

インナーをベッドの外に放り投げてしまうと、光輝は浅生の隣に座り直す。

「もし、浅生さんが決心つかないなら……。俺、ずっと待てるよ」

「……ジジイになるぞ」

「いいよ。浅生さんと一緒なら」

静かな声だった。

「先のことはわからなくても、今ね、俺すごくしあわせ」

光輝がそっと顔を寄せてくる。

「しあわせだよ。浅生さんは？」

手が震えているのに気づいて、浅生ははっとした。

ふらふらと流されて生きてきた。そう思っていた。

けど、流されていたんじゃない。

逃げていたんだ。

だからこんなに怖い。

光輝はいずれ後悔する。

だとしても、その瞬間に怯《おび》えながら光輝に縋るくらいなら、今この場で別れて二度と会わないほうがいい。そんなくだらない時間を過ごすために出会ったわけではないはずだ。

(俺は俺が思う格好いい男でいたいんだ)

俺を選んでよかったと、たとえいつか別れることになっても、この人を愛してよかったと思わせてみせる。俺はそんなふうに生きたい。

常闇の深海で、俺はみずからを照らす生き物になる。

「浅生さん？」

強ばった頬と震える手に気づかれた。伸ばしてきた手を、浅生から握る。

光輝が去った後に何事もなかったように生きていけるかって？　そんなわけないだろ。けれどそれでいいんだ。それで当然だ。苦しまないはずがない。俺はその苦しみを受け入れる。いつかは枯《か》れてしまうからと今咲いている花から目を背けるなら、生きている意味がない。

顔を上げ、光輝を見る。

「後悔させない」

語尾がかすかに震えた。言い訳めいた言葉を被せてしまいそうになったが飲み込んだ。光輝は目を瞠《みは》って……その目が潤み始めてドキリとした。だが光輝は泣く代わりに微笑んだ。

「うん。俺も、後悔させない。絶対」

誓うように、光輝は浅生の唇にキスをする。押し当てるだけで離れた唇を追う。

「もう焦らすのなしね。これ以上お預けされると、俺ケダモノのように襲いかかっちゃうよ」

「ケダモノ……」

あまりにも光輝とはかけ離れたイメージに思わず笑うと、光輝の頬も緩む。

「自分で脱ぐんでしょ？」

じっと見られながら脱ぐのは妙に恥ずかしかった。光輝以外の相手なら、欲情の籠もった目で見つめられると、もっと煽《あお》ってやろうと挑むような気持ちになったのに、今はどうしていいかわからない。

やっと服を脱ぐと、光輝が待ちかねたように肌を重ねてくる。さらりとして熱い肌が密着して、浅生の吐息は震えた。光輝も感に堪《た》えないような呻き声を漏らす。

「浅生さん……」

性急な愛撫と切羽詰まった声音に浅生も高ぶる。だが手も脚も動かず、ただ光輝の肩に縋り広い背中をかき抱いた。

「……やり方忘れた」

今だけではない。光輝と抱きあっていると、これまでの経験がすべて吹き飛んでしまう。

「じゃあ俺がリードしてあげる」

「生意気言いやがって」

「浅生さんはそうやって、力抜いてかわいい顔してて」

うっとりした様子で、光輝はくちづけを繰り返す。

「かわいいな、ほんとに」

「三十路男に向かってかわいい連呼して虚しくならないか？」

「ならないよ」

照れ隠しではなく心の底から疑問だったのでそう言うと、笑われてしまった。

「もう、浅生さんてつまらないこと気にするんだから。いいから、俺のことだけ考えてよ」

おまえのことだけ考えたら、今ここでこうしてはいない。開き直ったはずなのに、覚悟を決めたはずなのに、それでもためらいはなおも浅生を揺らしている。

脇腹を撫でられながら乳首にキスされて、浅生は声を上げる。

「困ったな。今度こそちゃんと……ゆっくりしようと思ってたのに」

がっついちゃいそうだと耳を舐めながらささやかれて、もう目を開けていられなくなった。

しかし目を閉じていると肌の感覚が鋭敏になってしまう。だが目を開けると光輝の懸命な顔と欲情に潤んだ目が視界に飛び込み、浅生の呼吸はいっそう乱れた。

つよく抱かれて身を捩ると、光輝は腕を緩めながら吐息と共にささやいた。

「離さない」

「……北海道、行くくせに」

ほろりと口をついて出た言葉に、光輝より浅生のほうが驚いた。

「行ってほしくない？」

「そんなわけないだろ。行けよ」

即座につよく言い返す。そんな理由で、北海道で暮らし肌で感じた風景を撮りたいという熱意を曲げてほしくない。見れば光輝は浅生の返事を知っていたような顔をしていて、甘い声で言った。

「でも寂しい？」

「寂しい」

矛盾しているとは思わない。ただ自分の口からこんな言葉が出てきたことが意外だった。寂しいという言葉を知る前から、孤独は浅生には馴染みの感情……浅生の根幹を形成するものだった。

光輝が愛《いと》しむように目を細める。

「ここで浅生さんと桜を見てから出発するよ。……俺はこれからもいろんなところに出掛けて、浅生さんのそばにいられないこともあるけど、でもどこにいても桜の季節には絶対戻ってきて、浅生さんと桜を見るよ」

「なんで桜なんだ」

十年前、光輝は桜が咲く前に浅生の前から消えた。

「なんとなく」

桜の若木の前での浅生の言葉を真似て、光輝はいたずらっ子のように笑う。もうおしゃべりはおしまいとでも言うように、浅生に覆い被さった。

「ほんとにケダモノになりそう」

熱っぽいささやきを耳に直接吹き込まれて、浅生は身を震わせた。

「……ゆっくりしたほうがいいんだよね？」

呻くように光輝が言う。

「そのほうが気持ちいいんだよね」

「ん……」

恥ずかしくてたまらない。いったい何が恥ずかしいのかよくわからないが、とにかく恥ずかしかった。快感と同時にべつの心地よさが身体を満たす。胸のあたりが熱くて、泣き出す直前のような感じになっている。

「大丈夫？　つらくない？」

大きな波をやり過ごしたらしい光輝が、深く息をつきながら訊いてくる。

「……ない」

気持ちいい。耳元でささやくと、光輝の身体がぐっと強ばる。

「もう、このタイミングでそういうこと——俺もしかして試されてる？」

光輝は短く笑うと、慎重に進む。

「もっと……奥まで」

「浅生さん……」

もう、ほんと、参る。熱い息をつきながら、光輝がふたたび動き出す。

「あっ――あ……」

光輝はもう何も言わずに、浅生の耳の下から首筋にかけて熱心に唇を這わせながら、浅生の体内に律動を刻む。

浅生はセックスを「愛し合う」と言うことに、売春を援助交際と言い換えるのと同じうさん臭さを感じていた。だが光輝に抱かれながら、確かに愛されていると感じた。光輝は俺を愛している。俺も光輝を愛している。生まれて初めて、愛し愛される喜びを知った。

光輝も同じように感じてくれているだろうか。知りたくて、光輝の肌を愛撫する。唇にキスをする。身体の奥に光輝を受け入れる。身体を満たす熱の中に答えがあるような気がするし、ないような気もする。光輝も同じものを探しているように、浅生を愛撫し、キスして、深く分け入ってくる。

男の肩越しに暗い天井を眺める。数え切れないほど見た景色だ。そのたびに思った。深く暗い場所にいる。その思いは、これまで浅生に孤独と共に奇妙な安堵をもたらした。

だが今は違う。

暗闇よりも近くに光輝がいる。

光輝の手が浅生の頬を包む。俺だけ見ていて。光輝の声が耳ではなく皮膚から染み入ってくる。

光輝の唇が熱心に浅生の肌を這いまわる。浅生はその顔を上げさせると、唇を求めた。光輝は浅生の顔をじっと見つめてから、唇を重ねてくる。だが軽くふれるだけですぐに離れる。あ……と声が出そうになった。光輝がそのタイミングでもう一度唇を合わせる。今度は深く。じんと身体の痺れるようなキスだった。喜びに満たされて声を上げ、不安に捕らわれて光輝の肩をつよく抱く。そのたびに光輝はやさしく抱き返してくれる。

窓から夕陽が射し込んでいたのは覚えている。だがその後の記憶は曖昧だ。目が覚めると外はかろうじて明るかったが、まだ夜は明けたばかりの早朝だとわかった。

光輝が眠っているのを確認して、そっとベッドを抜け出す。スウェットの下だけを穿《は》いて寝室を出る。暖房の効いた寝室から一歩出ると、冬だったことを思い出す。慌てて戻って上も着る。日中の気温は上がってきたが朝晩はまだまだ冷える。

(ここで浅生さんと桜を見てから出発するよ)

あの桜並木はいつごろ花が咲くだろう。やはり来週あたりか。……もうすこし遅くなってもいい。

浅生は玄関に置きっぱなしにしていたバッグから個展で買った光輝の写真集を抜き出す。会場で買うとポストカードを一枚おまけしてもらえた。キッチンに向かう。家を空けていたのは二日だけなので、冷蔵庫の中には充分な食料があった。時計に目をやる。あと一時間くらいしたら食事を作って、それから光輝を起こそう。コーヒーを淹《い》れて寝室に戻る。

光輝は口を薄く開いて熟睡している。ちょっと間抜け面だがそれでもいい男だと思うのは惚れた欲目か。ベッドの端に腰掛けて、写真集を開く。『鮎川光輝　風の行方《ゆくえ》』、個展と同じタイトルの付けられた写真集には、展示されていた作品も掲載されている。同じ機材同じ風景であっても、撮る人間が変われば同じ写真にはならない。光輝の写真には、光輝の持つ素朴さや繊細さ、若々しい躍動感が写しこまれている。俺の写真に写る俺は、いったいどんな姿をしているだろう。ずっと昔、加納のスタジオでアルバイトを始めたころ、加納はもう使っていないというカメラを一台くれて、好きなものを撮ってこいと言った。頭で覚えるより慣れるほうがはやいと。撮影の現場には心惹かれていたが、自分が題材を選んで撮るなどと考えてもいなかった浅生は戸惑った。仕事の行き帰りに目についた風景や看板などを撮って、やけに緊張しながら加納に見せた。レンズを選び、構図と光源を決め、ファインダーを覗き今だと思う瞬間を切り取る。それは絵画や小説と同じ創作なのだと加納は言った。生み出した作品には必ず「自分」が出る。隠しても、「隠している」ということがちゃんと伝わってしまうのだと。それを聞いて怖くなった。自分の内面や本質を形に残して他人の目に晒す。浅生にとってこれほど恐ろしいことはなかった。

だが今、俺は自分の中にあるものをすべて知りたい。

この歳になってようやく自分の頭上に輝く星を見つけたように、自分の中にあるかもしれない何かを、浅生は知りたかった。

「おはよう」

甘い声がして、背中があたたかくなった。浅生を背後から柔らかく抱きしめた光輝は、浅生の右肩に顎を乗せて頬にキスをする。

「いい匂《にお》い」

カップを渡してやると光輝はコーヒーをひと口飲んで、口を歪《ゆが》めた。

「苦い」

「ブラック飲めないのか」

「うん。砂糖はいいけどミルクは欲しい」

サイドテーブルにカップを戻すと、浅生の手元を覗き込む。

「買ってくれたんだ」

「ああ。いい本だな。おまえらしさが出てる」

「ほんと？」

光輝は目尻を下げて照れている。そんな顔も好ましい。

「浅生さん……真琴さん」

「名前――」

呼ぶなと続ける前にキスされた。

くっついた唇は、それ以上何もせずにゆっくりと離れる。

「俺が好き？」

浅生の口を塞いだ唇が問いかける。

「ねえ、浅生さん。俺のこと好き？」

「光輝……」

「やっと名前呼んでくれたね」

「……おまえ、今日は？」

「代理店の人と夕飯の約束があるけど、それまでは浅生さんと一緒にいる予定」

「勝手に予定入れるな」

「浅生さんもしかして仕事？」

心細げな表情に思わず笑ってしまう。

「いや、仕事は明日からだ」

「やった」

射し込む朝陽の中で、光輝は腕を上げ大きく身体を伸ばした。引き締まった若々しい裸体を陽射しが金色に縁取る。

「ここから見える朝陽きれいだね」

窓に目を向けると、まだ太陽は空の低いところにいて、金色に輝く雲の合間から顔を覗かせている。雲は遠ざかるほど甘い色を帯びて太陽を囲んでいる。まるで一幅の絵のようだ。

「俺も毎朝この景色見たいな」

甘え声で擦り寄ってくる光輝を無造作に押しやると、浅生はあらためて窓に目を向ける。鴇色《ときいろ》の帯を従えながら昇る朝陽を見つめた。空を隅々まで眩しいほどに照らしているのに、陽光はまだ柔らかい。生まれたばかりの太陽だ。沈んでもまた昇る。繰り返し繰り返し。

懲りない光輝が背後から寄り添ってくる。その胸に背中を預けると、なかなか快適だ。ふいに目頭がツンと痛んで、浅生は目元を押さえる。睫が湿っているのを感じたが、驚きはさほどなかった。

(ただ見えないだけで本当はあるんだよ)

「どうしたの……」

耳元にふれる声はやさしく深い。陽が眩しくて……そう答えたが、うまく声にはならなかった。光輝はそっと、浅生を抱く腕に力を込める。

「ねえ、俺この室に越してきちゃダメ?」

「ダメ。二人じゃ狭い」

一緒に暮らすなんて、いきなりそこまで踏み込まれるのは……性急すぎる。まだ怖い。何もかもが目新しくて眩しくて、浅生は戸惑っていた。もっとゆっくりしてほしい。ゆっくりと、俺の中に入ってきてほしい。

あきらめきれないようにけどとかでもとか言う光輝を見ていると、ふと思い出した。

「……隣の室、先月引っ越してから空いたままだ」

「ほんと？　やった」

光輝は浅生の頰にキスすると、さっと離れて脱ぎ散らかした服を拾い始める。

「ちょっと不動産屋行ってくる」

「こんな時間に開いてるわけないだろ」

すでに服を身につけ手櫛《てぐし》で髪を整えていた光輝が、がっかりしたように腕を下ろす。だがすぐに復活した。

「じゃあ朝デートしようよ。散歩して朝ごはん食べて、それから不動産屋に行こう」

「……おまえ、春から北海道だろ。今室借りてどうするんだよ」

「あ！」

バカめ。

「こっちの室も借りておいて、帰ってきてから住む」

「向こうでの滞在費だってかかるだろう。家賃二重払いとかずいぶんと羽振りがいいんだな。ここファミリータイプだから家賃けっこうするぞ」

個展のギャラも写真集の印税も、入るのは数カ月後だ。そもそもその金は北海道での滞在費に当てこんでいるはずだ。

「そういや浅生《あ》さんて、前もファミリータイプのマンションに一人で住んでたよね」

「狭いの嫌いなんだよ」

「こっちの室代は、向こうでバイトして稼ぐ」

「なんのために北海道まで行くんだ、バカかおまえは！」

頭を抱える光輝を見て、浅生はため息をつく。

「ああもう、わかったよ。北海道から帰るまでに隣が塞がったら、うちに来いよ。それでいいだろ」

「いいの？」

光輝は飛び上がらんばかりに喜んで、ガッツポーズなどしている。テンションの高さについていけない。目まぐるしくて……だが、そのくらいのほうがいいのかもしれない。

「これで解決な。そんなに元気有り余ってるなら、朝メシでも作ってくれよ。腹減った」

「朝デートしないの」

上機嫌の光輝がベッドに上がってきて、浅生の首筋を鼻先でくすぐる。

「いい天気だよ。もうじき春だね」

春……桜が咲けば光輝は北海道に行ってしまう。

「ねえ」

呼びかけておいて、唇を塞ぐ。浅生の唇を一度だけきつく吸って、惜しみながら離れていく。

「夏になったら遊びに行くから、旨い店チェックしとけよ」

「うん」

光輝はじっとしていられない様子で、本当にいい天気だと言いながら窓辺に向かう。

「光輝」

手を取り引き寄せて、肩にもたれかかる。

「な、なに？」

「ちょっとおとなしくしてろ」

「……はい」

ついさっきまで散々くんずほぐれつしていたというのに、光輝は緊張した様子でじっとしている。やがておずおずと、浅生の背中に掌を置いた。

浅生は目を上げ、光輝の肩越しに窓の外を見る。他愛ないやりとりをしている間に陽はすっかり昇りきっていて、もう朝焼けの名残《なごり》はない。男の肩越しに見るのはいつも暗闇だけだった。永遠に明けることはないと思っていた、あの暗がり。

浅生は顔を上げると、しようがねえなと呟く。

「散歩行くか」

「デートだよデート」

「どっちでも同じだろ」

微笑んでいる唇に、今度は浅生からキスをする。目を閉じると、光輝の手が浅生の手を探しに来る。もう馴染んでしまった大きな手を、浅生から握る。朝からはしゃいだせいか、いつも冷たい指先がほんのりとあたたかい。桜の並木を並んで歩く夏希と久坂を思い出した。あんなふうに……は、まだ無理だな。きっと。浅生の唇に笑みが浮かぶ。

好きだよ。

ささやいて光輝を見上げる。

星が照らす道の先で見つけた、俺の太陽。

ひとひら

朝陽に輝くシーツの上に、桜の花びらがひとひら。この室《へや》は桜の木より高い場所にある。風に巻き上げられ細く開けた窓から入り込んだ可能性もあるが、たぶん身体《からだ》のどこかについていたのだろう。きのうは室に帰るとまっすぐベッドに飛び込んだのだから、その可能性のほうが高い。浅生《あそう》か……それとも光輝《こうき》か。浅生の視線が花びらを離れシーツをなぞり、隣で眠っている光輝に移る。

(俺はこれからもいろんなところに出掛けて、浅生さんのそばにいられないこともあるけど、でもどこにいても桜の季節には絶対戻ってきて、浅生さんと桜を見るよ)

光輝がそう言ってから、春は浅生にとって特別な季節になった。

「そろそろ桜咲きそう?」

そんなメールが来たのは三月に入ってすぐで、浅生は気のはやさに苦笑しながら「まだつぼみも色づいてない」と返信した。結局光輝が戻ってきたのは、近郊の桜はほぼ満開状態になった四月の中頃になってからだった。

光輝が北海道を活動拠点にして二年が経《た》った。桜にかかわらず仕事で三カ月に一度はこちらに帰ってくるので離れていることをつよく意識することはなかったが、それでも桜は、浅生に特別な感慨を抱《いだ》かせる。

「ん……」

光輝が寝返りを打ち、艶《つや》やかな髪に光が流れる。

「浅生さん……おはよ……」

「もうすこし寝てろ」

「んー、でも、寝てるなんてもったいない。せっかく浅生さんといるのに」

光輝はまだ半分寝ぼけたような声で言いながら、浅生を柔らかく抱きしめる。それから首をめぐらせて窓を仰いだ。

「ああ、いい天気だね」

「寝てろよ。何か作って、それから起こしてやるから」

「んー」

ぐずぐずと浅生の肩口に顔を擦《こす》りつけていた光輝は、しかし眠気に負けて腕を緩めた。浅生はベッドを抜け出すと、もう寝息を立てている光輝の髪にふれる。甘える仕草は相変わらずなのに、見るたびに光輝は男らしさを増していく。

もう一度、光輝の髪にふれる。そのまま頬《ほほ》に掌《てのひら》をあて、浅生はしばらく光輝の寝顔を見つめていた。この穏やかな時間をしあわせというのだろうか。しんと静かで……けれどあの暗《くら》闇《やみ》とは違う。何が違うんだろう。

夜の便で到着した光輝を空港まで迎えに行った。タクシーで浅生のマンションに向かったが、光輝は駅前で車を停めて降りてしまった。

「歩きましょうよ」

身ひとつで来た光輝はロケ先から直接空港に向かった浅生の荷物を引き受けると、夜道を意気揚々と歩きだした。

「元気だな」

「浅生さんの顔見たからフル充電」

どちらから言うでもなく、すこし遠回りをして桜の大木のある道を通った。絵に描いたような月夜だった。春の宵空を透かした桜の花びらは薄い紫で、月明かりに白く艶めく。差し出された手を握り、並んで歩いた。

握りあった手の感触を心地よく感じながら、浅生はぼんやりと夜空を見上げる。明るい、美しい夜だ。時折はらりと花びらが舞う。風がないのでゆっくりと落ちていく。

「浅生さん、前見てないと電柱にぶつかるよ」

笑いながら光輝が言う。ああと生返事をしながら、花びらを目で追う。

シャッターを切る音に、ようやく浅生は光輝に視線を向ける。手ぶらだと思っていたのに、どこにカメラを隠していたのか。

「持ってきておいてよかった」

と光輝は白い歯を見せて笑った。

光輝は会うたびに浅生の写真を撮りたがる。一蹴《いっしゅう》したいところだが、またしばらく会えないのかと思うとつい首肯《うなず》いてしまう。いちいちカメラに視線を向けるのも気恥ずかしいので、勝手に撮るならと条件をつけたら、光輝はかえってうれしそうだった。

さすがプロだけあって、浅生がふと気を抜いた瞬間を切り取ってくる。シャッター音にも気づかないことがあるほどだ。意識していない表情を撮られるのは、相手が光輝だからだろうが、妙におもしろい。

「同じようなの何枚も撮ってもしかたないだろ」

「何言ってんの。同じのなんかありません」

もうアルバム二冊目と、光輝は自慢げだ。

「そういやおまえ、エロい写真は撮らないんだな」

「俺そんな趣味ないよ」

からかうと、光輝は心外だと言わんばかりに声を尖《とが》らせる。

「万が一にでも他人に見られたら嫌だもん。浅生さんのエロいとこ見ていいのは俺だけなの！」

それに、と光輝は自分のこめかみのあたりを指でトントンと叩《たた》いてみせる。

「エッチな浅生さんは余さずここに高画質高音質で永久保存してますから」

「へえ、そんなもん保存してるから容量不足になるんだ」

他愛もない話をしながら、ゆっくりと歩いて帰った。

夜の散歩を無邪気に楽しんでいた光輝は、室に入るとすぐに浅生を抱き寄せた。空港からずっと一緒だったのに、まるで腕の中にいるのが本物の浅生か確かめるように、唇で肌をなぞる。

「光輝――」

そのまま寝室に連行され、ベッドに沈められる。

「おい、ちょ――待て」

光輝は無言で服を脱がしにかかる。

「風呂――風呂入ってからにしよう。長旅で汗かいただろ」

光輝の手がぴたりと止まる。

「……俺汗臭いですか」

「俺も今日は一日ロケだったんだ。先にさっぱりしたい」

光輝は不満げだ。

「髪洗ってやるから」

甘い声で言うと、光輝は苦笑した。

「浅生さん、俺のツボをピンポイントで突くの上手《うま》くなりましたね」

光輝は浅生から離れると、手を引いて浅生を起こす。

「じゃあ浅生さんは俺が洗ってあげるね……髪も身体も全部」

顔を寄せながら、光輝はささやいた。隅々まで。

「ファミリータイプのマンションていいね。お風呂広い」

光輝は今は1Kのアパート住まいだ。この二年で光輝は三冊目の写真集を出し個展も開いた。それでもやはり悠々自適というわけにはいかない。機材には金がかかるし、光輝のように転々と居を移しながら撮る写真家は生活費もバカにならない。北海道でもすでに二回転居していた。

約束通り互いの髪と身体を洗い合う。床に座り込んだ光輝が、泡だらけにした浅生を背中から抱き込む。

「こら、どこさわってる」

「隅々まできれいにしないとね」

「他のとこ洗うのと手つきが違うぞ。だいたいなんでここだけスポンジ使わないんだ」

「デリケートなところだから、スポンジより手のほうが丁寧に洗えていいでしょ？　ほら……」

「……光輝。もう……」

「浅生さんも、さわって――じゃなかった。洗って」

手を取られ促《うなが》されて、浅生もスポンジを使わずに掌と指で泡を立てていく。

「ん……浅生さん……」

浅生の肩口に唇を押し当てたまま、光輝は目を閉じる。だが浅生の手の中のものがぴくぴくと痙攣《けいれん》し出すと、目を開け浅生の手を押しやる。

「ス――ストップ。これ以上続けてると理性飛ぶ」

「いつも飛びっぱなしだろうが」

「失礼なこと言うなあ。――ってもうほんと無理ごめんなさい」

光輝はシャワーに飛びつき泡を洗い流すと、湯船の中に逃げ込んだ。これじゃ俺がエロ親父みたいじゃないか。――おもしろくない。

湯船に浸《つ》かってひと息つく光輝と向かい合う格好で、浅生も湯に入った。さきほどの余韻でまだ半分勃《た》ち上がっているものの上に腰を落とす。

「浅生さん……」

膝で身体を支え、光輝の先端が浅生の尻の狭間《はざま》にふれるあたりで止まる。啞然《あぜん》としている光輝の顔を濡《ぬ》れた手で撫《な》でながら、そろそろと腰を揺らす。光輝の喉《のど》がごくりと鳴った。

「浅生さん……やらしい」

光輝の声は上ずっている。手をつきわずかに身体を沈めて、焦《じ》らされている先端が浅生の窪《くぼ》みに当たるように調整する。浅生の腰に添えようとした光輝を手を、浅生はやんわりと退《ど》ける。

「じっとしてろ」

「いじわる」

「ん……く――」

先端が窪みを押し広げる。

光輝は快感に集中するように目を細めて、浅生の胸から腹にかけてを愛撫する。徐々に膝を緩め光輝を銜《くわ》えこんでいくと、光輝がまた待ったをかける。案外しぶとい。

「タイムタイム。いっちゃう――」

「いけばいいだろ」

軽く動き続けながら言ってやると、光輝は涙目で抗議する。

「もーマジやめて、ほんとヤバイ」

「おまえから始めたくせに」

「そりゃ浅生さんがこんなに明るい場所で裸で濡れてて泡泡なんだよ。いろいろしたくなるじゃん」

「風呂入ってるときは誰だってそうだろ。卑猥《ひわい》な言い方すんな」

「久しぶりなんだから、ちゃんとベッドでしたいんだよ！」

光輝は苦労して立ち上がると、湯船を出て冷水に切り替えたシャワーを股間に当てる。

「もう、浅生さん鬼」

「そんなんで治まるのかよ」

「ベッドまで保《も》てばいいんです。修行僧の気分です」

「修行僧に聞かれたら殴《なぐ》られるぞ」

「メシできたぞ」

ベッドに腰掛けると、布団を被《かぶ》ったままの光輝がもぞもぞと寄ってきて、膝の上に頭を乗せる。

「浅生さん、コンソメの匂《にお》いする」

「ホットサンドにサラダにコンソメスープ」

「うまそ」

やっと目を開けた。だが起き上がろうとはせずに、浅生の膝枕を楽しんでいるようだ。窓から射し込む陽光が、前に会ったときよりすこし伸びた髪と健康的に焼けた肌とを光らせる。

「ねえ、気づいてる?」

光輝が手を上げ、浅生の頬を撫でる。

「浅生さん、会うたびに俺に甘くなってる」

「……そうかな」

「そうだよ。北海道に戻りたくなくなる」

「どちらかと言うと、俺が……」

俺のほうが光輝に甘えている気がする。ためらいも戸惑いも、光輝と過ごす時間の前には儚《はかな》い。

「俺が、何？」

「聞き流せよ」

光輝は起き上がると、浅生の前に座り込む。

「流せません。浅生さん俺がすっごく喜びそうなこと言いかけたでしょ」

「なんでそんなことわかるんだ」

「わかるよ」

光輝は浅生の手を取ると、その甲に唇を押し当てる。何かを誓うように。

「浅生さんのことだからわかる」

光輝に甘くなっているんじゃない。俺は俺に甘くなっているんだ。光輝への気持ちを抑える必要がなくなった。枷《かせ》がなくなれば気持ちは止めどがなくなる。俺が人一倍欲深いのか、それとも人間は皆そうなのだろうか。

「浅生さん……」

「ん？」

光輝は浅生の手にくちづけしたまま視線だけ上げる。

「隣、塞《ふさ》がっちゃったね」

「……ああ」

二年前に空いていた隣室は光輝が北海道に発《た》ったあとすぐに入居があった。しかし半年ほどで転居して、以来一年以上空いたままだった。だが先週子連れの夫婦が越してきてずいぶん賑《にぎ》やかになった。

「帰ったら、この室に越してきてもいい？」

「約束だからな」

遠慮がちな問いかけに素《そ》っ気《け》なく答えたのは、怯えているからだ。一緒に暮らす……それは浅生にとっては光輝への恋情以上に未知の体験だった。もう七年も一緒に暮らしている夏《なつ》希《き》と久坂《くさか》を見ていると、なんとかなりそうな気もするが、彼らと自分を比べるのはどう考えても無理がある。生まれたときから独りだった。こんなに愛《いと》しいと思っている光輝でも、四六時中顔を合わせていたらうんざりするかもしれないし、その前に光輝が浅生に愛想を尽かす可能性も充分ある。

「あのさ、狭いの気になるなら、べつにこの室じゃなくても、近所に室探すよ」

浅生が渋々のように了承したのを気にしているらしい。

「おまえが帰るまでにはまた空くかもしれない」

「どうかな。俺五月には帰るよ」

「五月？　五月って……来年じゃなくて今年のか？」

「はい」

「来月じゃないか。じゃあ今月わざわざ戻ってくる必要なかっただろ」

旅費だってかかるのにと浅生が言うと、光輝は愛しむように目を細めた。

「だって、五月じゃ桜散ってるから」

浅生がリアクションに困ってると、光輝は静かな声で続けた。

「約束したからね」

「律義《りちぎ》だな」

苦笑するしかない浅生に、光輝は事もなげに言う。

「俺は、浅生さんとした約束はひとつも破りたくない」

誠実な言葉は浅生の胸を熱く……重くする。

「……そういう縛りを自分で作ると、そのうち疲れてくるぞ」

「そうかな。けど俺にとっては、そんなに難しいことじゃない。俺は浅生さんの前では嘘はつけないみたい。そういうふうにできてるんだね、きっと」

こういうとき、どうリアクションしていいのか浅生にはまだわからない。だから何げないふりをして目を伏せた。

「……もうすこし広いところに引っ越そうか」

「いいの？」

「機材もあるし、二人じゃ狭いだろ」

「でも浅生さん、ここ気に入ってるんでしょ。一緒には暮らしたいけど、狭いとか引っ越しとか、浅生さんに負担かけるのは嫌だよ」

「俺はもともと、ひとつの場所に永くは住まないんだ。ここはもう四年近いし、おまえのことがなくても、そろそろ引っ越してもいいころだ」

それに……と言いかけて、浅生は口ごもる。だが光輝の視線を感じて、思いきって続ける。

「おまえに関することなら、負担とは思わない」

光輝が黙ったままなので、言葉が足りなかったかと慌てる。

「つ……まり、しかたなく引っ越すとか、そういうことじゃないから……」

言い終わる前に光輝が抱きついてきた。

「ああ、もう好き！　なんでこんなにかわいいの！」

「な、なんだ」

なんなんだ。

突然のハイテンションに怯《ひる》んでいる浅生におかまいなしに、光輝は大喜びだ。

「全然自覚なしであゝいうこと言うとか、浅生さんて男殺し。ていうか俺殺し」

あーもーやられたー、と特撮ヒーローの敵役めいたことを言いながら、光輝はベッドに大の字に転がった。断末魔の虫のようにしばらくじたばたしていた光輝は、やがてふうと息をついて弛緩《しかん》した。顔だけを上げて浅生を見る。

「ねえ、こっち来て」

「……朝っぱらから」

声が掠《かす》れる。

「来て」

子どもみたいに暴れまわっていたのが嘘のように、光輝は男の声を出す。

ためらっているのを悟られないようにそばまでいくと、すぐに抱き寄せられた。

「浅生さん……」

唇と吐息に肌を撫でられて、浅生もほどけていく。

だがすぐに、食事のセッティングができていることを思い出す。それに……

「そろそろ来るだろ。カニ」

「もうそんな時間？」

光輝は顔を上げ、充電器にセットしてあった携帯を手に取る。

「あー、ほんとだ」

しようがないなあとため息をついて、ベッドから出る。大きな欠伸《あくび》をしながら、ジーンズに脚を通す。

「午前の便で来るんだろ」

「そう。すごい量だよ。食べきれるかな」

「男四人ならどうとでもなるだろ。何買った」

「ええと、カニは毛ガニと、あとズワイも出てたから買ってきた。ウニはまだはやかったけど、甘エビにホタテに……ホッケ！」

「豪勢だな」

「大金振り込んでくるからびっくりしたよ」

「ちょうど大きな仕事のギャラが入って、カニ食いたくなった」

「あんなにたくさん買うの初めてだったから楽しかった。いつも行く市場で恋人と友達とで食べるって話したらオマケしてくれてさ。オマケだけで二人前くらいあるよ」

光輝は身支度を整えると弾みをつけて身体を伸ばした。

「じゃあホットサンド食べて、続きはカニ届いたらね」

「カニが届いたらなっちゃんちだろ」

「カニ祭りは夜からでしょ。まだたっぷり時間あるじゃん」

「ちょっと寝とけよ」

「若いから平気」

若いって言ってももうアラサーだろうがとぶちぶち言う浅生に、光輝も反撃する。

「でも……そうだね。酔い潰《つぶ》れた浅生さん背負って帰らなくちゃならないから、体力温存しとかないと」

「潰れるほど飲まねえよ」

「どうだか」

「最近あんまり飲んでない」

「ほんと？」

光輝の顔が綻《ほころ》ぶ。

「飲まないほうがいいか？」

「んー、たまにならいいけど、毎日とか、食事代わりとかは、身体に悪いから心配」

「ちゃんと食ってるよ。ちょっと太った」

「ほんと？　抱き心地は変わらなかったけどなあ」

言いながら、腰に腕を回してくる。

「うん。変わらないよ」

「三十過ぎると腹に肉が溜《た》まってくるんだよ」

「どれどれ」

光輝が下腹を探ってくる。

「そこは違う」

違う場所を撫でながら、耳元でささやいた。

「ほんとは外では飲んでほしくない。だって浅生さんの酔った顔ってエッチだから、人に見せたくない」

またバカ言ってる。

光輝は浅生を背中から抱きこんだ格好のまま、ベッドに腰掛ける。いつになったら食事にありつけるのやら。だがこんなふうに過ごすのも悪くない。

窓の向こうを桜がひとひら横切った。週末から雨が続くという予報だったから、満開の桜もこれで見納めだ。光輝はいいタイミングで帰ってきた。桜が散る。桜が咲く。初めて光輝と桜を見てから二年が経った。信じられないような永い時間だ。独り寝の夜、時々不安に震える。すべて夢だったんだと思う。だがすぐに夢ではないと思い直す。

これは夢ではない。

この不安ごと光輝を愛すると自分で決めた。

浅生の中に、光輝との時間がゆっくりと降り積もっていく。ひとひらひとひら。

(一時一時が積み重なって人生になるんでしょ)

光輝の言葉を思い出す。俺の中に降り注ぎ積み重なっていくこの気持ちが、俺の人生になる。

あとがき

『深海の太陽』を手に取っていただきありがとうございます。

大好物の年下攻で、人物もストーリーも私にとっては「基本」と言ってもいいほど好みの設定だったにもかかわらず、この形に落ちつくまでずいぶん悩んで試行錯誤した作品でした。

また、プロットを提出するのも初稿段階から原稿を見てもらうのも初めての、「初めて尽くし」の作品でもありました。気合の入った……というか入りすぎたプロットを提出した割には初稿がヘロヘロで冷や汗をかいたり、いい刺激をたくさん受けることができた思い出深い作品になりました。

巻末の『ひとひら』は、本編から二年後の蜜月な二人です。その後というより続きのような短編になりました。離れて暮らしているせいか浅生の中にはまだ戸惑いや不安がありますが、「ゆっくり準備中」という感じです。

ルチル文庫で再度作品を発表することができてしあわせです。イラストの山本小鉄子先生、貴重な指摘やアドバイスと、執筆のペース作りをしてくださった担当S様、編集部の皆様、そして読んでくださったすべての方に深く感謝します。

できればまた、お目にかかれることを祈って。

二〇一二年六月　森田しほ

✦初出　深海の太陽……………書き下ろし
　　　　ひとひら…………………書き下ろし

森田しほ先生、山本小鉄子先生へのお便り、本作品に関するご意見、ご感想などは
〒151-0051 東京都渋谷区千駄ヶ谷 4-9-7
幻冬舎コミックス　ルチル文庫「深海の太陽」係まで。

幻冬舎ルチル文庫

深海の太陽

2012年7月20日　第1刷発行

✦著者	森田しほ　もりた しほ
✦発行人	伊藤嘉彦
✦発行元	株式会社 幻冬舎コミックス 〒151-0051 東京都渋谷区千駄ヶ谷 4-9-7 電話 03(5411)6432[編集]
✦発売元	株式会社 幻冬舎 〒151-0051 東京都渋谷区千駄ヶ谷 4-9-7 電話 03(5411)6222[営業] 振替 00120-8-767643
✦印刷・製本所	中央精版印刷株式会社

✦検印廃止

ISBN978-4-344-82572-7　C0193　Printed in Japan